LA NUMANCIA

MIGUEL DE CERVANTES SAAVEDRA

PERSONAS QUE HABLAN EN ELLA:

- **ESCIPIÓN, romano**
- **JUGURTA, romano**
- **MARIO, romano**
- **QUINTO FABIO, romano**
- **CAYO, soldado romano**
- **Cuatro SOLDADOS romanos**
- **Dos NUMANTINOS, embajadores**
- **ESPAÑA**
- **El río DUERO**
- **Tres MUCHACHOS que representan riachuelos**
- **TEÓGENES, numantino**
- **CARAVINO, numantino**
- **Cuatro GOBERNADORES numantinos**
- **MARQUINO, hechicero numantino**
- **MARANDRO, numantino**
- **LEONICIO, numantino**
- **Dos SACERDOTES, numantinos**
- **Un PAJE numantino**
- **Seis PAJES más, numantinos**
- **Un HOMBRE, numantino**
- **MILBIO, numantino**
- **Un DEMONIO**
- **Un MUERTO**
- **Cuatro MUJERES de Numancia**
- **LIRA, doncella [numantina]**
- **Dos CIUDADANOS numantinos**
- **Una MUJER de Numancia**
- **Un HIJO suyo**
- **Otro HIJO de aquélla**
- **Un MUCHACHO, hermano de Lira**
- **Un SOLDADO numantino**
- **La GUERRA**
- **La ENFERMEDAD**
- **El HAMBRE**
- **La MUJER de Teógenes**
- **Un HIJO suyo**
- **Otro HIJO y una HIJA de Teógenes**
- **SERBIO, muchacho [numantino]**
- **BARIATO, muchacho, que es el que se arroja de la torre**
- **Un NUMANTINO**
- **ERMILIO, soldado romano**
- **LIMPIO, soldado romano**
- **La FAMA**

JORNADA PRIMERA

Entra ESCIPIÓN, JUGURTA, MARIO, y QUINTO
FABIO, hermano de Escipión, romanos

ESCIPIÓN: Esta difícil y pesada carga
  que el senado romano me ha encargado
  tanto me aprieta, me fatiga y carga
  que ya sale de quicio mi cuidado.
  De guerra y curso tan extraña y larga
  y que tantos romanos ha costado,
  ¿quién no estará suspenso al acaballa?
  ¡Ah! ¿Quién no temerá de renovalla?

JUGURTA: ¡Quién, Cipión? Quien tiene la ventura,
  el valor nunca visto que en ti encierras,
  pues con ella y con él está segura
  la victoria y el triunfo de estas guerras.

ESCIPIÓN: El esfuerzo regido con cordura
  allana al suelo las más altas sierras,
  y la fuerza feroz de loca mano
  áspero vuelve lo que está más llano;
   mas no hay que reprimir, a lo que veo,
  la fuerza del ejército presente,
  que, olvidado de gloria y de trofeo,
  ya embebido en la lascivia ardiente;
  y esto sólo pretendo, esto deseo;
  volver a nuevo trato nuestra gente,
  que, enmendando primero al que es amigo,
  sujetaré más presto al enemigo.
   ¡Mario!

MARIO: ¿Señor?

ESCIPIÓN: Haz que a noticia venga
  de todo nuestro ejército, en un punto,
  que, sin que estorbo alguno le detenga,
  parezca en este sitio todo junto,
  porque una breve plática de arenga
  les quiero hacer.

MARIO: Harélo en este punto.

ESCIPIÓN: Camina, porque es bien que sepan todos
        mis nuevas trazas y sus viejos modos.

Vase MARIO

JUGURTA: Séte decir, señor, que no hay soldado
        que no te tema juntamente y ame;
        y porque ese valor tuyo extremado
        de Antártico a Calixto se derrame,
        cada cual con feroz ánimo osado,
        cuando la trompa a la ocasión les llame,
        piensa hacer en tus servicios cosas
        que pasen las hazañas fabulosas.

ESCIPIÓN: Primero es menester que se refrene
        el vicio, que entre todos se derrama;
        que si éste no se quita, en nada tiene
        con ellos que hacer la buena fama.
        Si este daño común no se previene
        y se deja arraigar su ardiente llama,
        el vicio sólo puede hacernos guerra
        más que los enemigos de esta tierra.

Tocan a recoger y échase de adentro este
bando

[VOZ]:   "Manda nuestro general
        que se recojan armados
        luego todos los soldados
        en la plaza principal,
          y que ninguno no quede
        de parecer a esta vista,
        so pena que de la lista
        al punto borrado quede."

JUGURTA: No dudo yo, señor, sino que importa
        recoger con duro freno la malicia,
        y que se dé al soldado rienda corta
        cuando él se precipita en la injusticia.
        La fuerza del ejército se acorta,
        cuando va sin arrimo de justicia
        aunque más le acompañen a montones
        mil pintadas banderas y escuadrones.

* Entra un alarde de soldados, armado a lo antiguo
sin arcabuces, y **ESCIPIÓN** se sube sobre una peña
que estará allí, y dice *

ESCIPIÓN: En el fiero ademán, en los lozanos
marciales aderezos y vistosos,
bien os conozco, amigos, por romanos:
romanos, digo, fuertes y animosos;
mas en las blancas delicadas manos
y en las teces de rostros tan lustrosos,
allá en Bretaña parecéis crïados,
y de padres flamencos engendrados.

   El general descuido vuestro, amigos,
el no mirar por lo que tanto os toca,
levanta los caídos enemigos
que vuestro esfuerzo y opinión apoca.
De esta ciudad los muros son testigos
que aun hoy está cual bien fundada roca
de vuestras perezosas fuerzas vanas,
que sólo el nombre tienen de romanos.

   ¿Paréceos, hijos, que es gentil hazaña
que tiemble del romano nombre el mundo
y que vosotros solos en España
le aniquiléis y echéis en el profundo?
¿Qué flojedad es ésta tan extraña?
¿Qué flojedad? Si yo mal no me fundo,
es flojedad nacida de pereza,
enemiga mortal de fortaleza.

   La blanda Venus con el duro Marte
jamás hacen durable ayuntamiento;
ella regalos sigue, él sigue arte
que incita daños y furor sangriento.
La cipria diosa estése agora aparte;
deje su hijo nuestro alojamiento,
que mal se aloja en las marciales tiendas
quien gusta de banquetes y meriendas.

   ¿Pensáis que sólo atierra la muralla
el almete y la acerada punta,
y que sólo atropella la batalla
la multitud de gentes y armas junta?
Si esfuerzo de cordura no señala
que todo lo previene y lo barrunta,
poco aprovechan muchos escuadrones,
y menos infinitas municiones.

   Si a militar concierto se reduce,
cualque pequeño ejército que sea,
veréis que como sol claro reluce,
y alcanza las victorias que desea;
pero si a flojedad él se conduce,

aunque abreviado el mundo en él se vea,
en un momento quedará deshecho
por más regalada mano y fuerte pecho.

   Avergonzaos, varones esforzados,
porque, a nuestro pesar, con arrogancia,
tan pocos españoles, y encerrados,
defiendan este nido de Numancia.
Diez y seis años son, y más, pasados
que mantienen la guerra y la ganancia
de haber vencido con feroces manos
millares de millares de romanos.

   Vosotros os vencéis, que estáis vencidos
del bajo antojo, y fementil, liviano,
con Venus y con Baco entretenidos,
sin que a las armas extendáis la mano.
Córreos agora, si no estáis corridos,
de ver que este pequeño pueblo hispano
contra el poder romano se defiende
y, cuanto más rendido, más ofende.

   De nuestro campo quiero, en todo caso,
que salgan las infames meretrices,
que de ser reducidos a este paso,
ellas solas han sido las raíces.
Para beber no quede más de un vaso,
y los lechos, un tiempo ya felices,
llenos de concubinas, se deshagan,
y de fajina y en el suelo se hagan.

   No me huela el soldado otros olores
que el olor de la pez y de resina,
ni por golosidad de los sabores
traiga siempre aparato de cocina;
que el que usa en la guerra estos primores
muy mal podrá sufrir la cota fina;
no quiero otro primor ni otra fragancia
en tanto que español viva en Numancia.

   No os parezca, varones, escabroso
ni duro este mi justo mandamiento,
que al fin conoceréis ser provechoso
cuando aquél consigáis de vuestro intento.
Bien se os ha de hacer dificultoso
dar a vuestras costumbres nuevo asiento;
mas, si no las mudáis, estará firme
la guerra que esta afrenta más confirme.

   En blandas camas, entre juego y vino,
hállase mal el trabajoso Marte.
Otro aparejo busca, otro camino.
Otros brazos levantan su estandarte.
Cada cual se fabrica su destino.
No tiene allí Fortuna alguna parte.
La pereza Fortuna baja cría;

la diligencia, imperio y monarquía.
    Estoy con todo esto tan seguro
de que al fin mostraréis que sois romanos,
que tengo en nada el defendido muro
de estos rebeldes bárbaros hispanos;
y así, os prometo por mi diestra y juro
que, si igualáis al ánimo las manos,
que las mías se alarguen en pagaros,
y mi lengua también en alabaros.

CAYO MARIO: Si con atentos ojos has mirado,
ínclito general, en los semblantes
que a tus breves razones han mostrado
los que tienes agora circunstantes,
cuál habrás visto sin color, turbado,
y cuál con ella, indicios bien bastantes
de que el temor y la vergüenza a una
nos aflige, molesta e importuna,
    vergüenza, de mirar ser reducidos
a término tan bajo por su culpa,
que viendo ser por ti reprehendidos,
no saben a esa falta hacer disculpa;
temor, de tantos yerros cometidos;
y la torpe pereza que los culpa
los tiene de tal modo, que se holgaran
antes morir que en esto se hallaran.
    Pero el lugar y el tiempo que los queda
para mostrar alguna recompensa,
es causa que con menos fuerza pueda
fatigarte el rigor de tal ofensa.
De hoy más, con presta voluntad y leda,
el más mínimo de estos cuida y piensa
de ofrecer sin revés a tu servicio
la hacienda, vida, honra en sacrificio.
    Admite, pues, de sus intentos sanos
al justo ofrecimiento, señor mío,
y considera al fin que son romanos,
en quien nunca faltó del todo brío.
Vosotros levantad las diestras manos
en señal que aprobáis el voto mío.

SOLDADO 1:   Todo lo que habéis dicho confirmamos.

SOLDADO 2:   Y lo juramos todos.

TODOS: Sí, juramos.

ESCIPIÓN: Pues, arrimado a tal ofrecimiento,
        crece ya desde hoy mi confïanza,
        creciendo en vuestros pechos ardimiento
        y del viejo vivir nueva mudanza.
        Vuestras promesas no se lleve el viento;
        hacerlas verdaderas con la lanza;
        que las mías saldrán tan verdaderas
        cuanto fuere el valor de vuestras veras.

SOLDADO 1:   Dos numantinos con seguro vienen
        a darte, Cipïón, una embajada.

ESCIPIÓN: ¿Por qué no llegan ya? ¿En qué se detienen?

SOLDADO 1:   Esperan que licencia les sea dada.

ESCIPIÓN: Si son embajadores, ya la tienen.

SOLDADO 1:   Embajadores son.

ESCIPIÓN: Daldes entrada;
        que, aunque descubran cierto falso pecho,
        al enemigo siempre de provecho,
         jamás la falsedad vino cubierta
        tanto con la verdad, que no mostrase
        algún pequeño indicio, alguna puerta
        por donde su maldad se entestiguase.
        Oír al enemigo es cosa cierta
        que siempre aprovechó más que dañase
        y, en las cosas de guerra, la experiencia
        muestra que lo que digo es cierta ciencia.

                   Entran dos NUMANTINOS, embajadores

NUMANTINO 1:   Si nos das, gran señor, grata licencia,
        decirte he la embajada que traemos;
        do estamos, o ante sola tu presencia,
        todo a lo que venimos te diremos.

ESCIPION: Decid; que adondequiera doy audiencia.

NUMANTINO 1:   Pues con ese seguro que tenemos,
             de tu real grandeza concedido,
             daré principio a lo que soy venido.
                Numancia, de quien yo soy ciudadano,
             ínclito general, a ti me envía,
             como al más fuerte capitán romano
             que ha cubierto la noche y visto el día,
             a pedirte, señor, la amiga mano
             en señal de que cesa la porfía
             tan trabada y crüel de tantos años
             que ha causado sus propios y tus daños.
                Dice que nunca de la ley y fueros
             del senado romano se apartara
             si el insufrible mando y desafueros
             de un cónsul y otro no le fatigara.
             Ellos con duros estatutos fieros
             y con su extraña condición avara
             pusieron tan gran yugo a nuestros cuellos
             que forzados salimos de él y de ellos;
                y en todo el largo tiempo que ha durado
             entre ambas partes la contienda, es cierto
             que ningún general hemos hallado
             con quien poder tratar algún concierto.
             Empero agora, que ha querido el hado
             reducir nuestra nave a tan buen puerto,
             las velas de la gavia recogemos
             y a cualquiera partido nos ponemos.
                No imagines que temor nos lleva
             a pedirte las paces con instancia,
             pues la larga experiencia ha dado prueba
             del poder valeroso de Numancia.
             Tu virtud y valor es quien nos ceba
             y nos declara que será ganancia
             mayor que cuantas desear podemos,
             si por señor y amigo te tenemos.
                A esto ha sido la venida nuestra.
             Respóndenos, señor, lo que te place.

ESCIPIÓN: ¡Tarde de arrepentidos dais la muestra!
             Poco vuestra amistad me satisface.
             De nuevo ejercitad la fuerte diestra
             que quiero ver lo que la mía hace;
             quizá que ha puesto en ella la ventura
             la gloria nuestra y vuestra sepultura.
                A desvergüenza de tan largos años,
             es poca recompensa pedir paces.
             Seguid la guerra y renovad los daños.
             Salgan de nuevo las valientes haces.

NUMANTINO 1:   La falsa confïanza mil engaños
              consigo trae; advierte lo que haces,
              señor, que es arrogancia que nos muestras
              remunera el valor en nuestras diestras;
                 y pues niegas la paz que con buen celo
              te ha sido por nosotros demandada,
              de hoy más la causa nuestra con el cielo
              quedará por mejor calificada,
              y antes que pises de Numancia el suelo,
              probarás do se extiende la indignada
              fuera de aquél que, siéndote enemigo,
              quiere ser tu vasallo y fiel amigo.

ESCIPIÓN: ¿Tenéis más que decir?

NUMANTINO 2:   No, más tenemos
              que hacer, pues tú, señor, ansí lo quiere,
              sin querer la amistad que te ofrecemos,
              correspondiendo mal de ser quien eres.
              Pero entonces verás lo que podremos
              cuando nos muestres tú lo que pudieres;
              que es una cosa razonar de paces
              y otra romper po las armadas haces.

ESCIPIÓN: Verdad decís; y ansí, para mostraros
              si sé tratar de paz y hablar en guerra,
              no quiero por amigos aceptaros,
              ni lo seré jamás de vuestra tierra;
              y con esto podéis luego tornaros.

NUMANTINO 1:   ¿Que en esto tu querer, señor, se encierra?

ESCIPIÓN: Ya te he dicho que sí.

NUMANTINO 2:   ¡Pues, sus! Al hecho;
              que guerra ama el numantino pecho.

*Vanse los **EMBAJADORES**, y dice **QUINTO FABIO**, hermano
de Escipión*

QUINTO FABIO: El descuido pasado nuestro ha sido
              el que les hace hablar de aquesta suerte;
              mas ya es llegado el tiempo y es venido
              do veréis nuestra gloria y vuestra muerte.

ESCIPIÓN: El vano blasonar no es admitido
              de pecho valeroso, honrado y fuerte.
              Tiempla las amenazas, Fabio, y calla,

y tu valor descubre en la batalla.

    Aunque yo pienso hacer que el numantino
nunca a las manos de nosotros venga,
buscando de vencerle tal camino
que más a mi provecho se convenga,
y haré que abaje el brío y pierda el tino
y que en sí mesmo su furor detenga.
Pienso de un hondo foso rodeallos
y por hambre insufrible he de acaballos.

    No quiero yo que sangre de romanos
colore más el suelo de esta tierra;
basta la que han vertido estos hispanos
en tan larga reñida y cruda guerra.
Ejercítense agora vuestras manos
en romper y a cavar la dura tierra,
y cubrirse de polvo los amigos
que no lo están de sangre de enemigos.

    No quede de este oficio reservado
ninguno que le tenga preeminente.
Trabaje el decurión como el soldado,
y no se muestre en esto diferente.
Yo mismo tomaré el hierro pesado
y romperé la tierra fácilmente.
Hacen todos cual yo; veréis que hago
tal obra, con que a todos satisfago.

QUINTO FABIO: Valeroso señor y hermano mío,
bien nos muestras en esto tu cordura;
pues fuera conocido desvarío
y temeraria muestra de locura
pelear contra el loco airado brío
de estos desesperados sin ventura.
Mejor será encerrallos como dices
y quitarles al brío las raíces.

    Bien puede la ciudad toda cercarse,
si no es la parte por do el río la baña.

ESCIPIÓN: Vamos, y venga luego a efectuarse
ésta mi nueva traza, usada hazaña;
que si en mi favor quiere mostrarse
el cielo, quedará sujeta España

al senado romano, solamente
con vencer la soberbia de esta gente.

* Vanse, y sale ESPAÑA, coronada con unas
torres, y trae un castillo en la mano, que significa España *

ESPAÑA:	¡Alto, sereno y espacioso cielo,
que con tus influencias enriqueces
la parte que es mayor de este mi suelo
y sobre muchos otros le engrandeces;
muévate a compasión mi amargo duelo
y, pues al afligido favoreces,
favoréceme a mí en ansia tamaña,
que soy la sola y desdichada España.
	Basta ya que un tiempo me tuviste
todos mis flacos miembros abrasados,
y al sol por mis entrañas descubriste
al reino oscuro de los condenados
y a mil tiranos mil riquezas diste;
a fenicios y a griegos entregados
mis reinos fueron, porque tú has querido
o porque mi maldad lo ha merecido.
	¿Será posible que continuo sea
esclava de naciones extranjeras
y que un pequeño tiempo yo no vea
de libertad tendidas mis banderas?
Con justísimo título se emplea
en mí el rigor de tantas penas fieras,
pues mis famosos hijos y valientes
andan entre sí mismos diferentes.
	Jamás entre su pecho concertaron
los divididos ánimos furiosos;
antes entonces más los apartaron
cuando se vieron más menesterosos,
y ansí con sus discordias convidaron
los bárbaros de pechos codiciosos
a venir a entregarse en mis riquezas,
usando en mí en el ellos mil cruezas.
	Numancia es la que agora sola ha sido
quien la luciente espada sacó fuera,
y a costa de su sangre ha mantenido
la amada libertad suya y primera.
Mas, ¡ay!, que veo el término cumplido,
llegada ya la hora postrimera
do acabará su vida, y no su fama,
cual fénix renovándose en la llama.
	Estos tan mucho temidos romanos
que buscan de vencer cien mil caminos,
rehuyendo venir más a las manos
con los pocos valientes numantinos,
¡oh, si saliesen sus intentos vanos
y fuesen sus quimeras desatinos,
que esta pequeña tierra de Numancia
sacase de su pérdida ganancia!
	Mas, ¡ay!, que el enemigo la ha cercado
no sólo con las armas contrapuestas

al flaco muro suyo, mas ha obrado
con diligencia extraña y manos prestas
que un foso por la margen concertado
rodee a la ciudad por llano y cuestas.
Sólo la parte por do el río se extiende,
de este ardid nunca visto se defiende.

    Ansí están encogidos y encerrados
los tristes numantinos en su muros.
Ni ellos pueden salir, ni ser entrados,
y están de los asaltos bien seguros.
Pero en sólo mirar que están privados
de ejercitar sus fuertes brazos duros,
la guerra pediré o la muerte a voces
con horrendos acentos y feroces.

    Y pues sola la parte por do corre
y toca a la ciudad el ancho Duero,
es aquélla que ayuda y que socorre
en algo al numantino prisionero,
antes que alguna máquina o gran torre
en sus aguas se funde, rogar quiero
al caudaloso y conocido río,
en lo que puede, ayude al pueblo mío.

    Duero gentil, que con torcidas vueltas
humedeces gran parte de mi seno,
ansí en tus aguas siempre veas envueltas
arenas de oro cual el Tajo ameno;
ansí las ninfas fugitivas sueltas,
de que está el verde prado y bosque lleno,
vengan humildes a tus aguas claras
y en prestarte favor no sean avaras,

    que prestes a mis ásperos lamentos
atento oído, o que a escucharlos vengas,
aunque dejes un rato tus contentos;
suplícote que en nada te detengas.
Si tú, con tus continuos crecimientos,
de estos fieros romanos no te vengas,
cerrado veo ya cualquier camino
a la salud del pueblo numantino.

***Sale el río DUERO con otros tres
ríos, que serán tres muchachos, vestidos como que
son tres riachuelos que entran en Duero junto a Soria, que en
aquel tiempo fue Numancia***

DUERO: Madre querida, España: rato había
que oí en mis oídos tus querellas,
y si en salir acá me detenía
fue por no poder dar remedio a ellas.

El fatal, miserable y triste día,
según el disponer de las estrellas,
se llega de Numancia, y cierto temo
que no hay remedio a su dolor extremo.
	Con Obrón y Minuesa y también Tera,
cuyas aguas las mías acrecientan,
he llenado mi seno en tal manera
que usadas márgenes revientan;
mas, sin temor de mi veloz carrera,
cual si fuera un arroyo, veo que intentan
de hacer lo que tú, España, nunca veas;
sobre mis aguas, torres y trincheas.
	Mas ya que el revolver del duro hado
tenga el último fin estatuído
de ese tu pueblo numantino armado,
pues a términos tales ha venido,
un consuelo que queda en este estado:
que no podrán las sombras del olvido
oscurecer el sol de sus hazañas
en toda edad tenidas por extrañas.
	Y puesto que el feroz romano tiende
el paso ahora para tan fértil suelo,
que te oprime aquí y allí te ofende
con arrogante y ambicioso celo,
tiempo vendrá, según que ansí lo entiende
el saber que a Proteo ha dado el cielo,
que estos romanos sean oprimidos
por los que agora tienen abatidos.
	De remotas naciones venir veo
gentes que habitarán tu dulce seno
después que, como quiere tu deseo,
habrán a los romanos puesto freno;
godos serán, que, con vistoso arreo
dejarán de su fama el mundo lleno;
vendrán a recogerse en tus entrañas,
dando de nuevo vida a sus hazañas.
	Estas injurias vengará la mano
del fiero Atila en tiempos venideros,
poniendo al pueblo tan feroz romano
sujeto a obedecer todos sus fueros,
y portillo abriendo en Vaticano
sus bravos hijos y otros extranjeros,
harán que para huir vuelva la planta
el gran piloto de la nave santa;
	y también vendrá tiempo en que se mire
estar blandiendo el español cuchillo
sobre el cuello romano, y que respire
sólo por la bondad de su caudillo.
El grande Albano hará que se retire
el español ejército, sencillo,

no de valor, sino de poca gente,
pues que con ella hará que se le aumente;
    y cuando fuere ya más conocido
el propio Hacedor de tierra y cielo,
aquél que ha de quedar instituído
por visorrey de Dios en todo el suelo,
a tus reyes dará tal apellido
que él vea que más cuadre y dé consuelo.
Católicos serán llamados todos,
sujección e insignia de los godos;
    pero el que más levantará la mano
en honra tuya y general contento,
haciendo que el valor del nombre hispano
tenga entre todos el mejor asiento,
un rey será de cuyo intento sano
grandes cosas me muestra el pensamiento;
será llamado, siendo suyo el mundo,
el segundo Felipe sin segundo.
    Debajo de este imperio tan dichoso,
serán a una corona reducidos,
por bien universal y a tu reposo,
tus reinos, hasta entonces divididos.
El jirón lusitano, tan famoso,
que un tiempo se cortó de los vestidos
de la ilustre Castilla, ha de asirse
de nuevo, y a su antiguo ser venirse.
    ¡Qué envidia, qué temor, España amada,
te tendrán mil naciones extranjeras,
en quien tú reñirás tu aguda espada
y tenderás triunfando tus banderas
Sírvate esto de alivio en la pesada
ocasión, por quien lloras tan de veras,
pues no puede faltar lo que ordenado
ya tiene de Numancia el duro hado.

ESPAÑA: Tus razones alivio han dado en parte,
famoso Duero, a las pasiones mías,
sólo porque imagino que no hay parte
de engaño alguno en estas profecías.

DUERO: Bien puede de hecho, España, asegurarte,
puesto que tarden tan dichosos días.
Y, adiós, porque me esperan ya mis ninfas.

ESPAÑA: ¡El cielo aumente tus sabrosas linfas!

FIN DE LA PRIMERA JORNADA

JORNADA SEGUNDA

Salen TEÓGENES, y CARAVINO, con otros cuatro
NUMANTINOS, gobernadores de Numancia, y MARQUINO, hechicero, y
siéntanse

TEÓGENES:　　　Paréceme, varones esforzados,
que en nuestros daños con rigor influyen
los tristes signos y contrarios hados,
pues nuestra fuerza humana disminuyen.
Tiénennos los romanos encerrados
y con cobardes manos nos destruyen;
ni con matar muriendo no hay vengarnos,
ni podemos sin alas escaparnos.

　　No sólo a vencernos se despiertan
los que habemos vencido veces tantas;
que también españoles se conciertan
con ellos a segar nuestras gargantas.
Tan gran maldad los cielos no consientan;
con rayos hieran las ligeras plantas
que se muestren en daño del amigo,
favoreciendo al pérfido enemigo.

　　Mirad si imagináis algún remedio
para salir de tanta desventura,
porque este largo y trabajoso asedio
sólo promete presta sepultura.
El ancho foso nos estorba el medio
de probar con las armas la ventura,
aunque a veces valientes, fuertes brazos
rompen mil contrapuestos embarazos.

CARAVINO:　　　¡A Júpiter pluguiera soberano
que nuestra juventud sola se viera
con todo el cruel ejército romano,
adonde el brazo rodear pudiera,
que allí, al valor de la española mano,
la misma muerte poco estorbo hiciera
para dejar de abrir franco camino
a la salud del pueblo numantino!

　　Mas pues en tales términos nos vemos,
que estamos como damas encerrados,
hagamos todo cuanto hacer podemos
para mostrar los ánimos osados.
A nuestros enemigos convidemos
a singular batalla; que, cansados
de este cerco tan largo, ser podría

quisiesen acabarle por tal vía.
    Y cuando este remedio no suceda
a la justa medida del deseo,
otro camino de intentar nos queda,
aunque más trabajoso a lo que creo.
Este foso y muralla que nos veda
el paso al enemigo que allí veo,
en un tropel de noche le rompamos
y por ayuda a los amigos vamos.

NUMANTINO 1:   O sea por el foso o por la muerte,
de abrir tenemos paso a nuestra vida;
que es dolor insufrible el de la muerte,
si llega cuando más vive la vida.
Remedio a las miserias es la muerte
si se acrecientan ellas con la vida,
y suele tanto más ser excelente
cuanto se muere más honradamente.

NUMANTINO 2:   ¿Con qué más honra pueden apartarse
de nuestros cuerpos estas almas nuestras
que en las romanas haces arrojarse
y en su daño mover las fuerzas diestras?
Y en la ciudad podrá muy bien quedarse
quien gusta de cobarde dar las muestras;
que yo mi gusto pongo en quedar muerto
en el cerrado foso o campo abierto.

NUMANTINO 3:   Esta insufrible hambre macilenta
que tanto nos persigue y nos rodea
hace que en vuestro parecer consienta
puesto que temerario y duro sea.
Muriendo, excusar hemos tanta afrenta;
y quien morir de hambre no desea
arrójese conmigo al foso y haga
camino su remedio con la daga.

NUMANTINO 4:   Primero que vengáis al trance duro
de esta resolución que habéis tomado,
paréceme ser bien que desde el muro
nuestro fiero enemigo sea avisado,
diciéndole que dé campo seguro
a un numantino y a otro su soldado
y que la muerte de una sea sentencia
que acabe nuestra antigua diferencia.
    Son los romanos tan soberbia gente
que luego aceptarán este partido;
y si lo aceptan, creo firmemente
que nuestro amargo daño ha fenecido,
pues está un numantino aquí presente

cuyo valor me tiene persuadido
que él solo contra tres de los romanos
quitará la victoria de las manos.
    También será acertado que Marquino,
pues es un agorero tan famoso,
mire qué estrella o qué planeta o signo
nos amenaza a muerte o fin honroso,
o si se puede hallar algún camino
que nos pueda mostrar si del dudoso
cerco crüel do estamos oprimidos
saldremos vencedores o vencidos.
    También primero encargo que se haga
a Júpiter solemne sacrificio,
de quien podremos esperar la paga
harto mayor que nuestro beneficio.
Cúrese luego la profunda llaga
del arraigado acostumbrado vicio.
Quizá con esto mudará de intento
el hado esquivo, y nos dará contento.
    Para morir, jamás le falta tiempo
al que quiere morir desesperado.
Siempre seremos a sazón y a tiempo
para mostrar muriendo el pecho osado;
mas, porque no se pase en balde el tiempo,
mirad si os cuadra lo que he demandado,
y, si no os parece, dad un modo
que mejor venga y que convenga a todo.

MARQUINO: Esa razón que muestran tus razones
es aprobada del intento mío.
Háganse sacrificios y oblaciones
y póngase en efecto el desafío;
que yo no perderé las ocasiones
de mostrar de mi ciencia el poderío.
Yo os sacaré del hondo centro oscuro
quien nos declare el bien, el mal futuro.

TEÓGENES: Yo desde aquí me ofrezco, si os parece
que puede de mi esfuerzo algo fïarse,
de salir a esta duda que se ofrece
si por ventura viene a efectuarse.

CARAVINO: Más honra tu valor claro merece.
Bien pueden de tu esfuerzo confïarse
más difíciles cosas, y aun mayores,
por ser el que es mejor de los mejores.
    Y pues tú ocupas el lugar primero
de la honra y valor con causa justa,
yo, que en todo me cuento por postrero,
quiero ser el heraldo de esta justa.

NUMANTINO 1: Pues yo con todo el pueblo me prefiero
              hacer de los que Júpiter más gusta,
              que son los sacrificios y oblaciones,
              si van con enmendados corazones.

NUMANTINO 2:   Vámonos, y con presta diligencia
              hagamos cuanto aquí propuesto habemos,
              antes que la pestífera dolencia
              de la hambre nos ponga en los extremos.
              Si tiene el cielo dada la sentencia
              de que en este rigor fiero acabemos,
              revóquela, si acaso lo merece
              la presta enmienda que Numancia ofrece.

*Vanse y salen **MARANDRO**, y **LEONICIO**, numantinos*

LEONICIO: Marandro amigo, ¿dó vas,
              o hacia dó mueves el pie?

MARANDRO: Si yo mismo no lo sé,
              tampoco tú lo sabrás.

LEONICIO: ¡Cómo te saca de seso
              tu amoroso pensamiento!

MARANDRO: Antes, después que le siento,
              tengo más razón y peso.

LEONICIO: Eso ya está averiguado;
              que el que sirviere al amor,
              ha de ser por su dolor
              con razón muy más pesado.

MARANDRO: De malicia o de agudeza
              no escapa lo que dijiste.

LEONICIO: Tú mi agudeza entendiste;
              mas yo entendí tu simpleza.

MARANDRO: ¿Qué simpleza? ¿Querer bien?

LEONICIO: Si al querer no se le mide
              como la razón lo pide,
              con cuándo, cómo, y a quién.

MARANDRO: ¿Reglas quiés poner a amor?

LEONICIO: La razón puede ponellas.

MARANDRO: Razonables serán ellas,
               mas no de mucho primor.

LEONICIO: En la amorosa porfía
               a razón no hay conocella.

MARANDRO: Amor no va contra ella,
               aunque de ella se desvía.

LEONICIO: ¿No es ir contra la razón,
               siendo tú tan buen soldado,
               andar tan enamorado
               en tan extraña ocasión?
                  Al tiempo que del dios Marte
               has de pedir el favor
               ¿te entretienes con Amor
               quien mil blanduras reparte?
                  ¿Ves la patria consumida
               y de enemigos cercada,
               y tu memoria burlada
               por amor, de ella se olvida?

MARANDRO: En ira mi pecho se arde
               por ver que hablas sin cordura.
               ¿Hizo el Amor, por ventura,
               a ningún pecho cobarde?
                  ¿Dejé yo la centinela
               por ir donde está mi dama
               o estoy durmiendo en la cama
               cuando mi capitán vela?
                  ¿Hasme visto tú faltar
               de lo que debo a mi oficio,
               para algún regalo o vicio
               ni menos por bien amar?
                  Y si nada no has hallado
               de que debo dar disculpa,
               ¿por qué me das tanta culpa
               de que sea enamorado?
                  Y si de conversación
               me ves que ando siempre ajeno,
               mete la mano en tu seno,
               verás si tengo razón.
                  ¿No sabes los muchos años
               que tras Lira ando perdido?
               ¿No sabes que era venido
               en fin todo a nuestros daños,
                  porque su padre ordenaba
               de dármela por mujer,
               y que Lira su querer
               con el mío concertaba?

También sabes que llegó
en tan dulce coyuntura
esta fuerte guerra dura
por quien mi gloria cesó.
    Dilatóse el casamiento
hasta acabar esta guerra
porque no está nuestra tierra
para fiestas y contento.
    Mira cuán poca esperanza
puedo tener de mi gloria,
pues esta nuestra victoria
toda en la enemiga lanza.
    De la hambre fatigados,
sin medio de algún remedio,
tal muralla y foso en medio,
pocos, y ésos encerrados;
    pues como veo llevar
mis esperanzas del viento,
ando triste y descontento,
ansí cual me ves andar.

LEONICIO: Sosiega, Marandro, el pecho;
vuelve al brío que tenías;
quizá que por otras vías
se ordena nuestro provecho,
    y Júpiter soberano
nos descubra buen camino
por do el pueblo numantino
quede libre del romano,
    y en dulce paz y sosiego
de tu esposa gozarás,
y la llama templarás
de aquese amoroso fuego;
    que para tener propicio
al gran Júpiter tonante,
hoy Numancia en este instante
le quiere hacer sacrificio.
    Ya el pueblo viene y se muestra
con las víctimas e incienso.
¡Oh, Júpiter, padre inmenso,
mira la miseria nuestra!

*Apártanse a un lado, y salen dos numantinos
vestidos como sacerdotes antiguos, y han de traer asido de los
cuernos en medio un carnero grande, coronado de oliva y otras
flores, y un paje con una fuente de plata y una toalla, y otro
con un jarro de agua, y otros dos con dos jarros de vino, y otro
con otra fuente de plata con un poco de incienso, y otros con
fuego y leña, y otro que ponga una mesa con un tapete*

donde se ponga todo lo que hubiere en la comedia, en
hábitos de numantinos; y luego los SACERDOTES, dejando el
uno el carnero de la mano, diga

SACERDOTE 1:   Señales ciertas de dolores ciertos
se me han representado en el camino
y los canos cabellos tengo yertos.

SACERDOTE 2:   Si acaso no soy mal adivino
nunca con bien saldremos de esta empresa.
¡Ay, desdichado pueblo numantino!

SACERDOTE 1:   Hagamos nuestro oficio con la priesa
que no incitan los agüeros tristes.
Poned, amigos, hacia aquí esa mesa.

SACERDOTE 2:   El vino, incienso y agua que trujisteis
poneldo encima y apartaos afuera,
y arrepentíos de cuanto mal hicisteis;
     que la oblación mejor y la primera
que se ha ofrecer al alto cielo
es alma limpia y voluntad sincera.

SACERDOTE 1:   El fuego no le hagáis vos en el suelo,
que aquí viene brasero para ello,
que así lo pide el religioso celo.

SACERDOTE 2:   Lavaos las manos y limpiaos el cuello.
Dad acá el agua. ¿El fuego no se enciende?

NUMANTINO: No hay quien pueda, señores, encendello.

SACERDOTE 1:   ¡Oh, Júpiter! ¿Qué es esto que pretende
de hacer en nuestro daño el hado esquivo?
¿Cómo el fuego en la tea no se enciende?

NUMANTINO: Ya parece, señor, que está algo vivo.

SACERDOTE 2: Quítate afuera. ¡Oh, flaca llama oscura,
qué dolor en mirarte tal recibo!
     ¿No miras cómo el humo se apresura
a caminar al lado de poniente,
y la amarilla llama, mal segura,
     sus puntas encamina hacia el oriente?
¡Desdichada señal, señal notoria
que nuestro mal y daño está patente!

SACERDOTE 1:   Aunque lleven romanos la victoria
de nuestra muerte, en humo ha de tornarse,
y en llamas vivas nuestra muerte y gloria.

SACERDOTE 2:   Pues debe con el vino rucïarse
el sacro fuego, dad acá ese vino
y el incienso también ha de quemarse.

*Rocía el fuego con el vino a la redonda, y
luego pone el incienso en el fuego, y dice*

Al bien del triste pueblo numantino
endereza, ¡oh gran Júpiter!, la fuerza
propicia del contrario amargo sino.
    Ansí como este ardiente fuego fuerza
a que en humo se vaya el sacro incienso,
así se haga al enemigo fuerza
    para que en humo, eterno padre inmenso,
todo su bien, toda su gloria vaya,
ansí como tú puedes y yo pienso;
    tengan los cielos su poder a raya,
ansí como esta víctima tenemos,
y lo que ella ha de haber él también haya.

SACERDOTE 1:   Mal responde el agüero; mal podremos
ofrecer esperanza al pueblo triste,
para salir del mal que poseemos.

*Hácese ruido debajo del tablado con un
barril lleno de piedras, y dispárese un cohete volador*

SACERDOTE 2:   ¿No oyes un ruido, amigo? Di, ¿no viste
el rayo ardiente que pasó volando?
Presagio verdadero de esto fuiste.

SACERDOTE 1:   Turbado estoy; de miedo estoy temblando.
¡Oh, qué señales, a lo que yo veo,
que amargo fin están pronosticando.
    ¿No ves un escuadrón airado y feo?
¿Ves unas águilas feas que pelean
con otras aves en marcial rodeo?

SACERDOTE 2:   Sólo su esfuerzo y su rigor emplean
en encerrar las aves en un cabo,
y con astucia y arte las rodean.

SACERDOTE 1:   Tal señal vituperio y no la alabo.
                ¿Aguilas imperiales vencedoras?
                ¡Tú verás de Numancia presto el cabo!

SACERDOTE 2:   Aguilas, de gran mal anunciadoras,
                partíos, que ya el agüero vuestro entiendo,
                ya en efecto contadas son las horas.

SACERDOTE 1:   Con todo, el sacrificio hacer pretendo
                de esta inocente víctima, guardada
                para aplacar al dios del gesto horrendo.

SACERDOTE 2:   ¡Oh, gran Plutón, a quien por suerte dada
                le fue la habitación del reino oscuro
                y el mando en la infernal triste morada!
                  Ansí vivas en paz, cierto y seguro
                de que la hija de la sacra Ceres
                corresponda a tu amor con amor puro,
                  que todo aquello que en provecho vieres
                venir del pueblo triste que te invoca,
                lo alegues cual se espera de quien eres.
                  Atapa la profunda, oscura boca
                por do salen las tres fieras hermanas
                a hacernos el daño que nos toca,
                  y sean de dañarnos tan livianas
                sus intenciones, que las lleve el viento,
                como se lleva el pelo de estas lanas.

*Quita algunos pelos del carnero, y échalos
al aire*

SACERDOTE 1:   Y ansí como te baño y ensangriento
                este cuchillo en esta sangre pura
                con alma limpia y limpio pensamiento,
                  ansí la tierra de Numancia dura
                se bañe con la sangre de romanos
                y aun los sirva también de sepultura.

*Sale por el hueco del tablado un demonio hasta el
medio cuerpo, y ha de arrebatar el carnero y [todos los
sacrificios], y volverse a disparar el fuego*

SACERDOTE 2:   Mas, ¿quién me ha arrebatado de las manos
                la víctima? ¿Qué es esto, dioses santos?
                ¿Qué prodigios son éstos tan insanos?
                  ¿No os han enternecido ya los llantos

de este pueblo lloroso y afligido
ni la arpada voz de aquestos cantos?
   Antes creo que se han endurecido
cual pueden inferir en las señales
tan fieras como aquí han acontecido.
   Nuestros vivos remedios son mortales;
toda nuestra pereza es diligencia,
y los bienes ajenos, nuestros males.

NUMANTINO: En fin dado han los cielos la sentencia
de nuestro fin amargo y miserable.
No nos quiere valer ya su clemencia;
   lloremos, pues es fin tan lamentable,
nuestra desdicha; que la edad postrera
de él y de nuestras fuerza siempre hable.

TEÓGENES: Marquino haga la experiencia entera
de todo su saber, y sepa cuánto
nos promete de mal y la lastimera
suerte, que ha vuelto nuestra risa en llanto.

Vanse todos, y quedan MARANDRO y LEONICIO

MARANDRO: Leonicio, ¿qué te parece?
¿Han remedio nuestros males
con estas buenas señales
que aquí el cielo nos ofrece?
   ¡Tendrá fin mi desventura
cuando se acabe la guerra,
que será cuando la tierra
me sirva de sepultura!

LEONICIO: Marandro, al que es buen soldado
agüeros no le dan pena,
que pone la suerte buena
en el ánimo esforzado,
   y esas vanas apariencias
nunca le turban el tino.
Su brazo es su estrella o sino;
su valor, sus influencias.
   Pero si quieres creer
en este notorio engaño,
aún quedan, si no me engaño,
experiencias más que hacer,
   que Marquino las hará,
las mejores de su ciencia,
y el fin de nuestra dolencia
si es buena o mala sabrá.

Paréceme que le veo.

MARANDRO: ¡En qué extraño traje viene!
              Quien con feos se entretiene,
              no es mucho que venga feo.
              ¿Será acertado seguille?

LEONICIO: Acertado me parece
              por si acaso se le ofrece
              algo en que poder serville.

Aquí sale MARQUINO con una ropa de
bocací grande y ancha, y una cabellera negra, y los pies
descalzos, y la cinta traerá de modo que se le vean tres
redomillas llenas de agua; la una negra y la otra clara y la
otra teñida con azafrán; y una lanza en la mano,
teñido de negro, y en la otra un libro; y ha de venir otro
con él que se llama MILBIO, y cuando entran LEONICIO y
MARANDRO, se apartan afuera MARQUINO y MILBIO

MARQUINO: ¿Dó, dices Milbio, que está el joven triste?

MILBIO: En esta sepultura está encerrado.

MARQUINO: No yerres el lugar do le perdiste.

MILBIO: No; que con esta hiedra señalado
              dejé el lugar adonde el mozo tierno
              fue con lágrimas tiernas enterrado.

MARQUINO: ¿De qué murió?

MILBIO: Murió de mal gobierno;
              la flaca hambre le acabó la vida,
              peste crüel, salida del infierno.

MARQUINO: ¿Al fin dices que ninguna herida
              le cortó el hilo del vital aliento,
              ni fue cáncer ni llaga su homicida?
              Esto te digo, porque hace al cuento,
              de mi saber que esté este cuerpo entero,
              organizado todo y en su asiento.

MILBIO: Habrá tres horas que le di el postrero
              reposo y le entregué a la sepultura
              y de hambre murió, como refiero.

MARQUINO: Está muy bien, y es buena coyuntura
la que me ofrecen los propicios signos
para invocar de la región oscura
los feroces espíritus malinos.

        Presta atentos oídos a mis versos,
fiero Plutón, que en la región oscura,
entre ministros de ánimos perversos,
te cupo de reinar suerte y ventura;
haz, aunque sean de tu gusto adversos,
cumplidos mis deseos en la dura
ocasión que te invoco; no te tardes,
ni a ser más oprimido de mí aguardes.
        Quiero que al cuerpo que aquí está encerrado
vuelva el alma que le daba vida
aunque el fiero Carón del otro lado
la tenga en la ribera denegrida
y aunque en las tres gargantas del airado
cancerbero está penada y escondida.
Salga, y torne a la luz del mundo nuestro
que luego tornará al escuro vuestro;
        y pues ha de salir, salga informada
del fin que ha de tener guerra tan cruda
y de esto no me encubra y calle nada
ni me deje confuso y con más duda
la plática de esta alma desdichada.
De toda ambigüedad libre y desnuda
tiene de ser. Envíala. ¿Qué esperas?
¿Esperas a que hable con más veras?
        ¿No desmovéis la piedra, desleales?
Decid, ministros falsos. ¿Qué os detiene?
¿Cómo no me habéis dado ya señales
de que hacéis lo que digo y me conviene?
¿Buscáis con deteneros vuestros males,
o gustáis de que ya al momento ordene
de poner en efecto los conjuros
que ablanden vuestros fieros pechos duros?
        Ea, pues, vil canalla mentirosa;
aparejaos al duro sentimiento,
pues sabéis que mi voz es poderosa
de doblaros la rabia y el tormento.
Dime, traidor esposo de la esposa
que seis meses del años a su contento
está, sin duda, haciéndote cornudo,
¿por qué a mis peticiones estás mudo?
        Este yerro, bañado en agua clara
que el suelo no tocó en el mes de mayo,
herirá en esta piedra, y hará clara
y patente la fuerza de este ensayo.

Ya pareces, canalla, que a la clara
dais muestras de que os toma crüel desmayo.
¿Que rumores son éstos? ¡Ea, malvados,
que aún sin venir aquí venís forzados!
   Levantad esta piedra, fementidos,
y descubrid el cuerpo que aquí yace.
¿Qué es esto? ¿Qué tardáis? ¿A dó sois idos?
¿Cómo mi mando al punto no se hace?
¿No curáis de amenazas, descreídos?
Pues no esperéis que más os amenace;
esta agua negra del estigio lago
dará a vuestra tardanza presto pago.
   Agua de la fatal negra laguna,
cogida en triste noche, oscura y negra;
¡por el poder que en ti sola se aúna,
a quien otro poder ninguno quiebra,
a la banda diabólica importuna
y a quien la primer forma de culebra
tomó, conjuro, apremio, pido y mando
que venga a obedecerme aquí volando!

   ¡Oh, mal logrado mozo! Salid fuera.
Volved a ver el sol claro y sereno.
Dejad aquella región do no se espera
en ella un día sosegado y bueno.
Dame, pues puedes, relación entera
de lo que has visto en el profundo seno.
Digo de aquello a que mandado eres
y más si al caso toca y tú pudieres.

   ¿Qué es esto? ¿No respondes? ¿No revives?
¿Otra vez has gustado de la muerte?
Pues yo haré que con tu pena avives
y tengas el hablarme a buena suerte.
Pues eres de los míos, no te esquives
de hablarme, responderme. Mira, advierte
que, si callas, haré que con tu mengua

sueltes la atada y enojada lengua.

Rocía el cuerpo con el agua amarilla, y
luego le azotará

    Espíritus malignos, ¿no aprovecha?
Pues esperad. Saldrá el agua encantada
que hará mi voluntad tan satisfecha
cuanto es la vuestra pérfida y dañada;
y aunque esta carne fuera polvos hecha,
siendo con este azote castigada,
cobrará nueva aunque ligera vida
del áspero rigor suyo oprimida.
    Alma rebelde, vuelve al aposento
que pocas horas ha desocupaste.
Ya vuelves, ya lo muestras, ya te siento,
que al fin a tu pesar en él te entraste.

En este punto se estremece el cuerpo y habla

MUERTO: Cese la furia del rigor violento
tuyo, Marquino. Baste, triste, baste
lo que yo paso en la región oscura
sin que tú crezcas más mi desventura.
    Engáñaste si piensas que recibo
contento de volver a esta penosa,
mísera y corta vida que ahora vivo,
que ya me va faltando presurosa.
Antes me causas un dolor esquivo
pues otra vez la muerte rigurosa
triunfará de mi vida y de mi alma.
Mi enemigo tendrá doblada palma.
    El cual, con otros del oscuro bando,
de los que son sujetos a agradarte,
están con rabia eterna aquí esperando
a que acaba, Marquino, de informarte
del lamentable fin, del mal infando,
que de Numancia puedo asegurarte,
la cual acabará a las mismas manos
de los que son a ella más cercanos.
    No llevarán romanos la victoria
de la fuerte Numancia, ni ella menos
tendrá del enemigo triunfo o gloria,
amigos y enemigos siendo buenos;
no entiendas que de paz habrá memoria,
que habrá albergue en sus contrarios senos;
el amigo cuchillo, el homicida
de Numancia será, y será su vida;

y quédate, Marquino, que los hados
no me conceden más hablar contigo,
y aunque mis dichos tengas por trocados,
al fin saldrá verdad lo que te digo.

*En diciendo esto, se arroja el cuerpo en la
sepultura*

MARQUINO: ¡Oh, tristes signos, signos desdichados!
Si esto ha de suceder del pueblo amigo,
primero que mirar tal desventura
mi vida acabe en esta sepultura.

Arrójase MARQUINO en la sepultura

MARANDRO: Mira, Leonicio, si ves
por do yo pueda decir
que no me haya de salir
todo mi gusto al revés.
   De toda nuestra ventura
cerrado está ya el camino;
si no, dígalo Marquino,
el muerto y la sepultura.

LEONICIO: Que todas son ilusiones,
quimeras y fantasías,
agüeros y hechicerías,
diabólicas invenciones;
   no muestres que tienes poca
ciencia en creer desconciertos;
que poco cuidan los muertos
de lo que a los vivos toca.

MARANDRO: Nunca Marquino hiciera
desatino tan extraño,
si nuestro futuro daño
como presente no viera.
   Avisemos de este paso
al pueblo, que está mortal.
Mas, para dar nueva tal,
¿quién podrá mover el paso?

FIN DE LA JORNADA SEGUNDA

JORNADA TERCERA

y que las Marquino...
no me contentara tú, habla conmigo.
Y aunque mis dichos tienes por trocados,
ni tú sabrás verdad lo que tengo y

Salen ESCIPIÓN, y JUGURTA, y MARIO,
romanos

ESCIPIÓN: En forma estoy contento en mirar cómo
corresponde a mi gusto la ventura,
y esta libre nación soberbia domo
sin fuerzas, solamente con cordura.
En viendo la ocasión, luego la tomo
porque sé cuánto corre y se apresura,
y si se pasa en cosas de la guerra,
el crédito consume y vida atierra.

   Juzgábades a loco desvarío
tener los enemigos encerrados,
y que era mengua del romano brío
no vencellos con modos más usados.
Bien sé que lo habrán dicho; mas yo fío
que los que fueron pláticos soldados
dirán que es de tener en mayor cuenta
la victoria que menos ensangrienta.

   ¿Qué gloria puede haber más levantada
en las cosas de guerra que aquí digo
que, sin quitar de su lugar la espada,
vencer y sujetar al enemigo?
Que cuando la victoria es granjeada
con la sangre vertida del amigo,
el gusto mengua que causar pudiera
la que sin sangre tal ganada fuera.

Tocan una trompeta del muro de Numancia

JUGURTA: Oye, señor, que de Numancia suena
el son de una trompeta, y me aseguro
que decirte algo desde allá se ordena,
pues el salir acá lo estorba el muro.
Caravino se ha puesto en una almena
y una señal ha hecho de seguro.
Lleguémonos más cerca.

ESCIPIÓN: Ea, lleguemos.
No más; que desde aquí lo entenderemos.

CARAVINO: ¡Romanos! ¡Ah, romanos! Puede acaso
     ser de vosotros esta voz oída?

MARIO: Puesto que más la bajes y hables paso,
     de cualquier tu razón será entendida.

CARAVINO: Decid al general que alargue el paso
     al foso, porque viene dirigida
     a él una embajada.

ESCIPIÓN: Dila presto,
     que yo soy Cipión.

CARAVINO: Escucha el resto.
     Dice Numancia, general prudente,
     que consideres bien que ha muchos años
     que entre la nuestra y tu romana gente
     dura los males de la guerra extraños,
     y que, por evitar que no se aumente
     la dura pestilencia de estos daños
     quiere, si tú quisieres, acaballa
     con una breve y singular batalla.
     Un soldado se ofrece de los nuestros
     a combatir cerrado en estacada
     con cualquiera esforzado de los vuestros,
     para acabar contienda tan trabada;
     y al que los hados fueren tan siniestros,
     que allí le dejen sin la vida amada,
     si fuere el nuestro, darémoste la tierra;
     si el tuyo fuere, acábese la guerra.
     Y por seguridad de este concierto,
     daremos a tu gusto las rehenes.
     Bien sé que en él vendrás, porque estás cierto,
     de los soldados que a tu cargo tienes,
     y sabes que el menor, a campo abierto,
     hará sudar el pecho, rostro y sienes
     al más aventajado de Numancia;
     ansí que está segura tu ganancia.
     Porque a la ejecución se venga luego,
     respóndeme, señor, si estás en ello.

ESCIPIÓN: Donaire es lo que dices, risa y juego,
              y loco el que pensase hacello.
              Usad el medio del humilde ruego,
              si queréis que se escape vuestro cuello
              de probar el rigor y filos diestros
              del romano cuchillo y brazos nuestros.
                 La fiera que en la jaula está encerrada
              por su selvatiquez y fuerza dura,
              si puede allí con mano ser domada,
              y con el tiempo y medios de cordura,
              quien la dejase libre y desatada
              daría grandes muestras de locura.
              Bestias sois, y por tales encerradas
              os tengo donde habéis de ser domadas;
                 mía será Numancia a pesar vuestro,
              sin que me cueste un mínimo soldado,
              y el que tenéis vosotros por más diestro,
              rompa por ese foso trincheado;
              y si en esto os parece que yo muestro
              un poco mi valor acobardado,
              el viento lleve agora esta vergüenza,
              y vuélvala la fama cuando venza.

Vanse ESCIPIÓN y los suyos, y dice
CARAVINO

CARAVINO: ¿No escuchas más, cobarde? ¿Ya te escondes?
              ¿Enfádate la igual, justa batalla?
              Mal con tu nombradía correspondes;
              mal podrás de este modo sustentalla.
              En fin, como cobarde me respondes.
              Cobardes sois, romanos, vil canalla,
              en vuestra muchedumbre confïados,
              y no en los diestros brazos levantados.
                 ¡Pérfidos, desleales, fementidos,
              crüeles, revoltosos y tiranos;
              cobardes, codiciosos, malnacidos,
              pertinaces, feroces y villanos;
              adúlteros, infames, conocidos
              por de industriosas mas cobardes manos!
              ¿Qué gloria alcanzaréis en darnos muerte,
              teniéndonos atados de esta suerte?
                 En formado escuadrón o manga suelta,
              en la campaña rasa, do no pueda
              estorbar la mortal fiera revuelta
              el ancho foso y muro que la veda,
              será bien que, sin dar el pie la vuelta,

34/66

y sin tener jamás la espada queda,
ese ejército mucho bravo vuestro
se viera con el poco flaco nuestro;
    mas como siempre estáis acostumbrados
a vencer con ventajas y con mañas,
estos conciertos, en valor fundados,
no los admiten bien vuestras marañas;
liebres en pieles fieras disfrazados,
load y engrandeced vuestras hazañas,
que espero en el gran Júpiter de veros
sujetos a Numancia y a sus fueros.

Vase, y torna a salir fuera [CARAVINO] con
TEÓGENES, MARANDRO, y otros

TEÓGENES: En términos nos tiene nuestra suerte,
dulces amigos, que sería ventura
de acabar nuestros daños con la muerte;
    por nuestro mal, por nuestra desventura,
visteis del sacrificio el triste agüero,
y a Marquino tragar la sepultura;
    el desafío no ha importado un cero;
¿de intentar, qué me queda? No lo siento.
Uno es aceptar el fin postrero.
    Esta noche se muestre el ardimiento
del numantino acelerado pecho,
y póngase por obra nuestro intento.
    El enemigo muro sea deshecho;
salgamos a morir a la campaña,
y no como cobardes en estrecho.
    Bien sé que sólo sirve esta hazaña
de que a nuestro morir se mude el modo,
que con ella la muerte se acompaña.

CARAVINO: Con este parecer yo me acomodo.
Morir quiero rompiendo el fuerte muro
y deshacello por mi mano todo;
    mas tiéneme una cosa mal seguro:
que si nuestras mujeres saben esto,
de que no haremos nada os aseguro.
    Cuando otra vez tuvimos presupuesto
de huírnos y dejallas, cada uno
fïado en su caballo y vuelo presto,
    ellas, que el trato a ellas importuno
supieron, al momento nos robaron
los frenos, sin dejarnos sólo uno.
    Entonces el huír nos estorbaron,
y ansí lo harán agora fácilmente,

si las lágrimas muestran que mostraron.

MARANDRO: Nuestro designio a todas es patente;
todas lo saben ya, y no queda alguna
que no se queje de ello amargamente,
    y dicen que, en la buena o ruín fortuna,
quieren en vida o muerte acompañarnos,
aunque su compañia es importuna.

*Entran cuatro MUJERES de Numancia, cada una con un
niño en brazos y otros de las manos, y LIRA, doncella*

Veislas aquí do vienen a rogaros
no las dejéis en tantos embarazos.
Aunque seáis de acero, han de ablandaros.
    Los tiernos hijos vuestros en los brazos
las tristes traen. ¿No veis con qué señales
de amor les dan los últimos abrazos?

MUJER 1:   Dulces señores míos, tras cien males,
hasta aquí de Numancia padecidos,
que son menores los que son mortales,
    y en los bienes también que ya son idos,
siempre mostramos ser mujeres vuestras,
y vosotros también nuestros maridos.
    ¿Por qué en las ocasiones tan siniestras
que el cielo airado agora nos ofrece,
nos dais de aquel amor tan cortas muestras?
    Hemos sabido, y claro se parece,
que en las romanas manos arrojaros
queréis, pues su rigor menos empiece,
    que no la hambre de que veis cercaros,
de cuyas flacas manos desabridas
por imposible tengo el escaparos.
    Peleando queréis dejar las vidas,
y dejarnos también desamparadas,
a deshonras y a muertes ofrecidas.
    Nuestro cuello ofreced a las espadas
vuestras primero, que es mejor partido
que vernos de enemigos deshonradas.
    Yo tengo en mi intención instituído
que, si puedo, haré cuanto en mí fuere
por morir do muriere mi marido.
    Esto mismo hará la que quisiere
mostrar que no los miedos de la muerte
estorban de querer a quien bien quiere,
en buena o en mala, dulce, alegre suerte.

MUJER 2:   ¿Qué pensáis, varones claros?
          ¿Revolvéis aún todavía
          en la triste fantasía
          de dejarnos y ausentaros?
             ¿Queréis dejar, por ventura,
          a la romana arrogancia
          las vírgenes de Numancia
          para mayor desventura,
             y a los libres hijos vuestros
          queréis esclavos dejallos?
          ¿No será mejor ahogallos
          con los propios brazos vuestros?
             ¿Queréis hartar el deseo
          de la romana codicia,
          y que triunfe su injusticia
          de nuestro justo trofeo?
             ¿Serán por ajenas manos
          nuestras casas derribadas?
          Y las bodas esperadas,
          ¿hanlas de gozar romanos?
             En salir haréis error
          que acarrea cien mil yerros,
          porque dejáis sin los perros
          el ganado, y sin señor.
             Si al foso queréis salir,
          llevadnos en tal salida,
          porque tendremos por vida
          a vuestros lados morir.
             No apresuréis el camino
          al morir, porque su estambre
          cuidado tiene la hambre
          de cercenarla contino.

MUJER 3:   Hijos de estas triste madres,
          ¿qué es esto? ¿Cómo no habláis
          y con lágrimas rogáis
          que no os dejen vuestros padres?
             Basta que la hambre insana
          os acabe con dolor,
          sin esperar el rigor
          de la aspereza romana.
             Decidles que os engendraron
          libres, y libres nacistes,
          y que vuestra madres tristes
          también libres os crïaron.
             Decidles que, pues la suerte
          nuestra va tan decaída,
          que, como os dieron la vida
          ansimismo os den la muerte.
             ¡Oh muros de esta ciudad!

Si podéis hablar, decid
y mil veces repetid,
"¡Numantinos, libertad!"
    Los templos, las casas vuestras
levantadas en concordia,
hoy piden misericordia
hijos y mujeres vuestras.
    Ablandad, claros varones,
esos pechos diamantinos,
y mostrad cual numantinos,
amorosos corazones;
    que no por romper el muro
se remedia un mal tamaño.
Antes, en ellos está el daño
más propincuo y más seguro.

LIRA: También las triste doncellas
ponen en vuestra defensa
el remedio de su ofensa
y el alivio a sus querellas.
    No dejéis tan ricos robos
a las codiciosas manos.
Mirad que son los romanos
hambrientos y fieros lobos.
    Desesperación notoria
es ésta que hacer queréis,
adonde sólo hallaréis
breve muerte y larga gloria.
    Mas ya que salga mejor
que yo pienso esta hazaña,
¿qué ciudad hay en España
que quiera daros favor?
    Mi pobre ingenio os advierte
que, si hacéis esta salida,
al enemigo dais vida
y a toda Numancia muerte.
    De vuestro acuerdo gentil
los romanos burlarán;
pero decidme, ¿qué harán
tres mil con ochenta mil?
    Aunque tuviesen abiertos
los muros y su defensa,
seríades con ofensa
mal vengados y bien muertos.
    Mejor es que la ventura
o el daño que el cielo ordene
o nos salve o nos condene
de la vida o sepultura.

TEÓGENES: Limpian los ojos húmedos del llanto,
              mujeres tiernas, y tené entendido
              que vuestra angustia la sentimos tanto,
              que responde al amor nuestro subido.
              Ora crezca el dolor, ora el quebranto
              sea por nuestro bien disminuído,
              jamás en muerte o vida os dejaremos;
              antes en muerte o vida os serviremos.

                  Pensábamos salir al foso, ciertos
              antes de allí morir que de escaparnos,
              pues fuera quedar vivos aunque muertos
              si muriendo pudiéramos vengarnos;
              mas pues nuestros designios descubiertos
              han sido, y es locura aventurarnos.
              Amados hijos y mujeres nuestras,
              nuestras vidas serán de hoy más las vuestras.

                  Sólo se ha de mirar que el enemigo
              no alcance de nosotros triunfo o gloria;
              antes ha de servir él de testigo
              que apruebe y eternice nuestra historia;
              y si todos venís en lo que digo,
              mil siglos durará nuestra memoria,
              y es que no quede cosa aquí en Numancia
              de do el contrario pueda hacer ganancia.

                  En medio de la plaza se haga un fuego,
              en cuya ardiente llama licenciosa
              nuestras riquezas todas se echen luego,
              desde la pobre a la más rica cosa;
              y esto podréis tener a dulce juego
              cuando os declare la intención honrosa
              que se ha de efectüar después que sea
              abrasada cualquier rica presea.

                  Y para entretener por algún hora
              la hambre que ya roe nuestros huesos,
              haréis descuartizar luego a la hora
              esos tristes romanos que están presos;
              y sin del chico al grande hacer mejora,
              repártense entre todos, que con ésos
              será nuestra comida celebrada
              por España, crüel necesitada.

CARAVINO: Amigos, ¿qué os parece? ¿Estáis en esto?
              Digo que a mí me tiene satisfecho
              y que a la ejecución se venga presto
              de un tan extraño y tan honroso hecho.

TEÓGENES: Pues yo de mi intención os diré el resto;
              después que sea lo que digo hecho,
              vamos a ser ministros todos luego
              de encender el ardiente y rico fuego.

MUJER 1:   Nosotras desde aquí ya comenzamos
             a dar con voluntad nuestros arreos
             y a las vuestras las vidas entregamos,
             como se han entregado los deseos.

LIRA: Pues caminemos presto; vamos, vamos,
             y abrásense en un punto los trofeos
             que pudieran hacer ricas las manos
             y aun hartar la codicia de romanos.

Vanse todos y, al irse, MARANDRO ase a LIRA de la
mano, y ella se detiene y entra LEONICIO y apártase a un
lado y no le ven, y dice MARANDRO

MARANDRO: No vayas tan de corrida,
             Lira. Déjame gozar
             del bien que me puede dar
             en la muerte alegre vida.
               Deja que miren mis ojos
             un rato tu hermosura,
             pues tanto mi desventura
             se entretiene en mis enojos.
               ¡Oh, dulce Lira, que suenas
             contino en mi fantasía
             con tan süave agonía
             que vuelve en gloria mis penas!
               ¿Qué tienes? ¿Qué estás pensando,
             gloria de mi pensamiento?

LIRA: Pienso cómo mi contento
             y el tuyo se va acabando;
               y no será su homicida
             el cerco de nuestra tierra;
             que primero que la guerra
             se me acabará mi vida.

MARANDRO: ¿Qué dices, bien de mi alma?

LIRA: Que me tiene tal la hambre,
             que de mi vital estambre
             llevará presto la palma.
               ¿Qué tálamo has de esperar
             de quien está en tal extremo,
             que te aseguro que temo
             antes de un hora expirar?
               Mi hermano ayer expiró,
             de la hambre fatigado;
             mi madre ya ha acabado,

que la hambre la acabó;
  y si la hambre y su fuerza
no ha rendido mi salud
es porque la juventud
contra su rigor me esfuerza;
  pero como ha tantos días
que no le hago defensa,
no pueden contra su ofensa
las débiles fuerzas mías.

MARANDRO: Enjuga, Lira, los ojos;
deja que los tristes míos
se vuelvan corrientes ríos
nacido de tus enojos;
  y aunque la hambre ofendida
te tenga tan sin compás,
de hambre no morirás
mientras yo tuviere vida.
  Yo me ofrezco de saltar
el foso y el muro fuerte,
y entrar por la misma muerte
para la tuya excusar.
  El pan que el romano toca,
sin que el temor me destruya,
le quitaré de la suya
para ponello en tu boca;
  con mi brazo haré carrera
a tu vida y a mi muerte,
porque más me mata el verte,
señora, de esta manera.
  Yo te traeré de comer
a pesar de los romanos,
si ya son estas mis manos
las mismas que solían ser.

LIRA: Hablas como enamorado,
Marandro; pero no es justo
que tome gusto del gusto
por tu peligro comprado.
  Poco podrá sustentarme
cualquier robo que harás,
aunque más cierto hallarás
el perderme que el ganarme.
  Goza de tu mocedad,
en sanidad ya crecida;
que más importa tu vida
que la mía en la ciudad.
  Tú podrás bien defendella
de la enemiga acechanza,
que no la flaca pujanza

de esta tan triste doncella;
   ansí que, mi dulce amor,
despide ese pensamiento,
que yo no quiero sustento
ganado con tu sudor;
   que aunque puedas alargar
mi muerte por algún día,
esta hambre que porfía
al fin nos ha de acabar.

MARANDRO: ¡En vano trabajas, Lira,
de impedirme este camino,
do mi voluntad y sino
allá me convida y tira!
   Tú rogarás entretanto
a los dioses que me vuelvan
con despojos que resuelvan
tu miseria y mi quebranto.

LIRA: Marandro, mi dulce amigo,
¡ay!, no vais, que se me antoja
que de tu sangre veo roja
la espada del enemigo.
   No hagas esta jornada,
Marandro, bien de mi vida,
que, si es mala la salida
muy peor será la entrada.
   Sí, quiero aplacar tu brío,
por testigo pongo al cielo,
que de tu daño recelo
y no del provecho mío.
   Mas si acaso, amado amigo,
prosigues esta contienda,
lleva este abrazo por prenda
de que me llevas contigo.

MARANDRO: Lira, el cielo te acompañe.
Vete, que a Leonicio veo.

LIRA: Y a ti cumpla tu deseo
y en ninguna cosa dañe.

Vase LIRA y [sale LEONICIO]

LEONICIO: Terrible ofrecimiento es el que has hecho,
y en él, Marandro, se nos muestra claro
que no hay cobarde enamorado pecho;
   aunque de tu virtud y valor raro
debe más esperarse; mas yo temo

que el hado infeliz se nos muestra avaro.
  He estado atento al miserable extremo
que te ha dicho Lira en que se halla
indigno, cierto, a su valor supremo,
  y que tú has prometido de liballa
de este presente daño, y arrojarse
en las armas romanas a batalla.
  Yo quiero, buen amigo, acompañarte
y en impresa tan justa y tan forzosa
con mis pequeñas fuerzas ayudarte.

MARANDRO: ¡Oh amistad de mi alma venturosa!
  ¡Oh amistad no en trabajos dividida,
ni en la ocasión más próspera y dichosa!
  Goza, Leonicio, de la dulce vida;
quédate en la ciudad, que yo no quiero
ser de tus verdes años homicida.
  Yo solo tengo de ir. Yo solo espero
volver con los despojos merecidos
a mi invïolable fe y amor sincero.

LEONICIO: Pues ya tienes, Marandro, conocidos
mis deseos, que, en buena o mala suerte,
al sabor de los tuyos van medidos,
  sabrás que no los miedos de la muerte
de ti me apartarán un solo punto,
ni otra cosa, si la hay, que sea más fuerte.
  ¡Contigo tengo de ir; contigo junto
he de volver, si ya el cielo no ordena
que quede en tu defensa allá difunto!

MARANDRO: Quédate, amigo; queda enhorabuena,
porque si yo acabare aquí la vida,
en esta impresa de peligros llena,
  que puedas a mi madre dolorida
consolarla en el trance riguroso
y a la esposa de mí tanto querida.

LEONICIO: Cierto que estás, amigo, muy donoso
en pensar que en tu muerte quedaría
yo con tal quietud y tal reposo,
  que de consuelo alguno serviría
a la doliente madre y triste esposa.
Pues en la tuya está la muerte mía,
  segura tengo la ocasión dudosa;
mira cómo ha de ser, Marandro amigo,
y en el quedarme no me hables cosa.

MARANDRO: Pues no puedo estorbarte el ir conmigo,
              en el silencio de esta noche oscura
              tenemos de saltar al enemigo.
                 Lleva ligeras armas, que ventura
              es la que ha de ayudar al alto intento,
              que no la malla entretejida y dura.
                 Lleva ansimismo puesto el pensamiento
              en robar y traer a buen recado
              lo que pudieres más de bastimento.

LEONICIO: Vamos, que no saldré de tu mandado.

Vanse y salen dos NUMANTINOS

NUMANTINO 1:   ¡Derrama, dulce hermano, por los ojos
                 el alma en llanto amargo convertida!
                 ¡Venga la muerte y lleve los despojos
                 de nuestra miserable y triste vida!

NUMANTINO 2:   Bien poco durarán estos enojos;
               que ya la muerte viene apercebida
               para llevar en presto y breve vuelo
               a cuantos pisan de Numancia el suelo.
                  Principios veo que prometen presto
               amargo fin a nuestra dulce tierra,
               sin que tengan cuidado de hacer esto
               los contrarios ministros de la guerra.
               Nosotros mismos, a quien ya es molesto
               y enfadoso el vivir que nos atierra,
               hemos dado sentencia irrevocable
               de nuestra muerte, aunque crüel, loable.
                  En la plaza mayor ya levantada
               queda una ardiente y codiciosa hoguera,
               que, de nuestras riquezas ministrada,
               sus llamas suben a la cuarta esfera.
               Allí, con triste prisa acelerada
               y con mortal y tímida carrera,
               acuden todos, como santa ofrenda,
               a sustentar las llamas con su hacienda.
                  Allí las perlas del rosado oriente,
               y el oro en mil vasijas fabricado,
               y el diamante y rubí más excelente,
               y la estimada púrpura y brocado,
               en medio del rigor fogoso ardiente
               de la encendida llama se ha arrojado;
               despojos do pudieran los romanos
               henchir los senos y ocupar las manos.

Aquí salen con cargas de ropa por una parte,
y éntranse por otra

    Vuelve al triste espectáculo la vista;
verás con cuánta prisa y cuánta gana
toda Numancia en numerosa lista
aguija a sustentar la llama insana;
y no con verde leño o seca arista
no con materia al consumir liviana,
sino con sus haciendas mal gozadas,
pues se guardaron para ser quemadas.

NUMANTINO 1:   Si con esto acabara nuestro daño,
pudiéramos llevallo con paciencia;
mas, ¡ay!, que se ha de dar, si no me engaño,
de que muramos todos crüel sentencia.
¡Primero que el rigor bárbaro extraño
muestre en nuestras gargantas su inclemencia,
verdugos de nosotros nuestras manos
serán, y no los pérfidos romanos!
    Han ordenado que no quede alguna
mujer, niño, ni viejo con la vida,
pues al fin la crüel hambre importuna
con más fiero rigor es su homicida.
Mas ves allí a do asoma, hermano, una
que, como sabes, fue de mí querida
un tiempo con extremo tal de amores,
cual es el que ella tiene de dolores.

Sale una mujer con una criatura en los brazos y
otra de la mano, y ropa para echar en el fuego

MADRE: ¡Oh duro vivir molesto!
    ¿Terrible y triste agonía!

HIJO: Madre, ¿por ventura habría
quien nos diese pan por esto?

MADRE: ¿Pan, hijo? ¡Ni aun otra cosa
que semeje de comer!

HIJO: ¿Pues tengo de fenecer
de dura hambre rabiosa?
    ¡Con poco pan que me deis,
madre, no os pediré más!

MADRE: ¡Hijo, qué pena me das!

HIJO: ¿Por qué, madre, no queréis?

MADRE: Sí, quiero; mas ¿qué haré,
que no sé dónde buscallo?

HIJO: Bien podréis, madre, comprallo;
si no, yo lo compraré.
   Mas por quitarme de afán,
si alguno conmigo topa,
le daré toda esta ropa
por un pedazo de pan.

MADRE: ¿Qué mamas, triste criatura?
¿No sientes que, a mi despecho,
sacas ya del flaco pecho
por leche, la sangre pura?
   Lleva la carne a pedazos
y procura de hartarte,
que no pueden ya llevarte
mis flacos cansado brazos.
   Hijos, mi dulce alegría,
¿con qué os podré sustentar,
si apenas tengo que os dar
de la propia sangre mía?
   ¡Oh hambre terrible y fuerte,
cómo me acabas la vida!
¡Oh guerra, sólo venida
para causarme la muerte!

HIJO: ¡Madre mía, que me fino!
Aguijemos. ¿A dó vamos,
que parece que alargamos
la hambre con el camino?

MADRE: Hijo, cerca está la plaza
adonde echaremos luego
en mitad del vivo fuego
el peso que te embaraza.

Vase la mujer y el niño y quedan los dos

NUMANTINO 2:   Apenas puede ya mover el paso
la sin ventura madre desdichada,
que, en tan extraño y lamentable caso,
se ve de dos hijuelos rodeada.

NUMANTINO 1:   Todos, al fin, al doloroso paso
               vendremos de la muerte arrebatada.
               Mas moved vos, hermano, agora el vuestro,
               a ver qué ordena el gran senado nuestro.

FIN DE LA TERCERA JORNADA

JORNADA CUARTA

Tocan al arma con gran prisa, y a este rumor sale
ESCIPIÓN, JUGURTA, y MARIO alborotados

ESCIPIÓN: ¿Qué es esto, capitanes? ¿Quién nos toca
        al arma en tal sazón? ¿Es, por ventura,
        alguna gente desmandada y loca
        que viene a demandar su sepultura?
        Mas no sea algún motín el que provoca
        tocar al arma en recia coyuntura;
        que tan seguro estoy del enemigo,
        que tengo más temor al que es amigo.

Sale QUINTO FABIO con el espada desnuda y dice

QUINTO FABIO: Sosiega el pecho, general prudente,
        que ya de esta arma la ocasión se sabe,
        puesto que ha sido a costa de tu gente,
        de aquél en quien más brío y fuerza cabe.
        Dos numantinos, con soberbia frente,
        cuyo valor será razón se alabe,
        saltando el ancho foso y la muralla,
        han movido a tu campo crüel batalla.
        A las primeras guardas embistieron,
        y en medio de mil lanzas se arrojaron,
        y con tal furia y rabia arremetieron,
        que libre paso al campo les dejaron.
        Las tiendas de Fabricio acometieron,
        y allí su fuerza y su valor mostraron
        de modo que en un punto seis soldados
        fueron de agudas puntas traspasados.
        No con tanta presteza el rayo ardiente
        pasa rompiendo el aire en presto vuelo,
        ni tanto la cometa reluciente
        se muestra y apresura por el cielo,
        como estos dos por medio de tu gente,
        pasaron, colorando el duro suelo
        con la sangre romana que sacaban
        sus espadas doquiera que llegaban.
        Queda Fabricio traspasado el pecho;
        abierta la cabeza tiene Eracio;
        Olmida ya perdió el brazo derecho,
        y de vivir le queda poco espacio.
        Fuéle ansimismo poco de provecho
        la ligereza al valeroso Estacio,

48/66

pues el correr al numantino fuerte
fue abreviar el camino de la muerte.
    Con presta diligencia discurriendo
iban de tienda en tienda, hasta que hallaron
un poco de bizcocho, el cual cogiendo,
el paso, y no el furor, atrás tornaron.
El uno de ellos se escapó huyendo;
al otro mil espadas le acabaron;
por donde infiero que la hambre ha sido
quien les dio atrevimiento tan subido.

ESCIPIÓN: Si estando deshambridos y encerrados
muestran tan demasiado atrevimiento,
¿qué hicieran siendo libres y enterados
en sus fuerzas primeras y ardimiento?
Indómitos! ¡Al fin seréis domados,
porque contra el furor vuestro violento
se tiene de poner la industria nuestra,
que de domar soberbios es maestra!

Vanse todos, y sale MARANDRO, herido y lleno de
sangre, con una cesta de pan

MARANDRO: ¿No vienes, Leonicio? Di.
¿Qué es esto, mi dulce amigo?
Si tú no vienes conmigo,
¿cómo vengo yo sin ti?
    Amigo que te has quedado,
amigo que te quedaste;
no eres tú el que me dejaste,
sino yo el que te he dejado.
    ¿Que es posible que ya dan
tus carnes despedazadas
señales averiguadas
de lo que cuesta este pan,
    y es posible que la herida
que a ti te dejó difunto,
en aquel instante y punto
no me acabó a mí la vida?
    No quiso el hado crüel
acabarme en paso tal,
por hacerme a mí más mal
y hacerte a ti más fiel.
    Tú, al fin, llevarás la palma
de más verdadero amigo;
yo a disculparme contigo,
envïaré presto el alma,
    y tan presto, que el afán

a morir me lleva y tira
en dando a mi dulce Lira
este tan amargo pan,
   pan ganado de enemigos
pero no ha sido ganado
sino con sangre comprado
de dos sin ventura amigos.

***Sale LIRA con alguna ropa para echarla en el fuego,
y dice***

LIRA: ¿Qué es esto que ven mis ojos?

MARANDRO: Lo que presto no verán,
según la prisa se dan
de acabarme mis enojos.
   Ves aquí, Lira, cumplida
mis palabras y porfías
de que tú no morirías
mientras yo tuviese vida.
   Y aun podré mejor decir
que presto vendrás a ver
que a ti te sobra el comer
y a mí me falta el vivir.

LIRA: ¿Qué dices, Marandro amado?

MARANDRO: Lira, que acates la hambre
entre tanto que la estambre
de mi vida corta el hado;
   pero mi sangre vertida
y con este pan mezclada,
te ha de dar, mi dulce amada,
triste y amarga comida.
   Ves aquí el pan que guardaban
ochenta mil enemigos,
que cuesta de dos amigos
las vidas que más amaban.
   Y porque lo entiendas cierto
y cuánto tu amor merezco,
ya yo, señora, perezco,
y Leonicio está ya muerto.
   Mi voluntad sana y justa
recíbela con amor,
que es la comida mejor
y de que el alma más gusta.
   Y pues en tormenta y calma
siempre has sido mi señora,

¡recibe este cuerpo agora,
como recibiste el alma!

Cáese muerto y recógele en las faldas
o regazo LIRA

LIRA: ¡Marandro, dulce bien mío!
        ¿Qué sentís, o qué tenéis?
        ¿Cómo tan presto perdéis
        vuestro acostumbrado brío?
          Mas, ¡ay triste, sin ventura,
        que ya está muerto mi esposo!
        ¡Oh caso el más lastimoso
        que se vio en la desventura!
          ¿Qué os hizo, dulce amado,
        con valor tan excelente,
        enamorado y valiente,
        y soldado desdichado?
          Hicisteis una salida,
        esposo mío, de suerte
        que, por excusar mi muerte,
        me habéis quitado la vida.
          ¡Oh pan de la sangre lleno
        que por mí se derramó!
        ¡No te tengo en cuenta, no,
        de pan, sino de veneno!
          ¡No te llegaré a mi boca
        por poderme sustentar,
        si no es para besar
        esta sangre que te toca!

Entra un MUCHACHO, hermano de LIRA, hablando
desmayadamente

MUCHACHO: Lira, hermana, ya expiró
        mi madre, y mi padre está
        en términos, que ya, ya
        morirá, cual muero yo.
          El hambre le ha acabado.
        Hermana mía, ¿pan tienes?
        ¡Oh pan, y cuán tarde vienes,
        que no hay ya pasar bocado!
          Tiene el hambre apretada
        mi garganta en tal manera,
        que, aunque este pan agua fuera,
        no pudiera pasar nada.

Tómalo, hermana querida,
que, por más crecer mi afán,
veo que me sobra el pan
cuando me falta la vida.

Cáese muerto

LIRA: ¿Expíraste, hermano amado?
¡Ni aliento, ni vida tiene!
Bueno es el mal cuando viene
sin venir acompañado.
     Fortuna, ¿por qué me aquejas
con un daño y otro junto,
y por qué en un solo punto
huérfana y viuda me dejas?
     ¡Oh duro escuadrón romano!
¿Cómo me tiene tu espada
de dos muertos rodeada:
uno esposo y otro hermano?
     ¿A cuál volveré la cara
en este trance importuno,
si en la vida cada uno
fue prenda del alma cara?
     Dulce esposo, hermano tierno,
yo os igualaré en quereros,
porque pienso presto veros
en el cielo o en el infierno.
     En el modo de morir
a entrambos he de imitar,
porque el yerro ha de acabar
y el hambre mi vivir.
     Primero daré a mi pecho
una daga que este pan;
que a quien vive con afán
es la muerte de provecho.
     ¿Qué aguardo? ¡Cobarde estoy!
Brazo, ¿ya os habéis turbado?
¡Dulce esposo, hermano amado,
esperadme, que ya voy!

*Sale una **MUJER** huyendo, y tras ella un **SOLDADO**
numantino con una daga para matarla*

MUJER: ¡Eterno padre, Júpiter piadoso,
              favorecedme en tan adversa suerte!

SOLDADO: ¡Aunque más lleves vuelo presuroso,
              mi dura mano te dará la muerte!

Éntrase la MUJER

LIRA: El hierro duro, el brazo belicoso
              contra mí, buen soldado, le convierte;
              deja vivir a quien la vida agrada,
              y quítame la mía, que me enfada.

SOLDADO: Puesto que es decreto del senado
              que ninguna mujer quede con vida,
              ¿cuál será el brazo o pecho acelerado
              que en ese hermoso vuestro dé herida?
              Yo, señora, no soy tan mal mirado
              que me precie de ser vuestro homicida;
              otra mano, otro hierro ha de acabaros
              que yo sólo nací para adoraros.

LIRA: Esa piedad que quiés usar conmigo,
              valeroso soldado, yo te juro,
              y al alto cielo pongo por testigo
              que yo la estimo por rigor muy duro.
              Tuviérate yo entonces por amigo
              cuando, con pecho y ánimo seguro,
              este mío afligido traspasaras
              y de la amarga vida me privaras.
                 Pero, pues quiés mostrarte piadoso,
              tan en daño, señor, de mi contento,
              muéstralo agora en que a mi triste esposo
              demos el funeral y último asiento.
              También a éste mi hermano, que en reposo
              yace, ya libre del vital aliento.
              Mi esposo feneció por darme vida;
              de mi hermano, el hambre fue homicida.

SOLDADO: Hacer yo lo que mandas está llano,
              con condición que en el camino cuentes
              quién a tu buen esposo y caro hermano
              trajo a los postrimeros accidentes.

LIRA: Amigo, ya el hablar no está en mi mano.

SOLDADO: ¿Que tan al cabo estás? ¿Que tal te sientes?
              Lleva a tu hermano, que es de menos carga;
              yo a tu esposo, que es más peso y carga.

Llevan los cuerpos, y sale una mujer armada con una
lanza en la mano y un escudo, que significa la GUERRA, y trae
consigo la ENFERMEDAD y la HAMBRE. La ENFERMEDAD arrimada a una
muleta y rodeada de paños, la cabeza con una
máscara amarilla, y la HAMBRE saldrá con un
desnudillo de muerte, y encima una ropa bocací amarilla, y
una máscara descolorida

GUERRA: Hambre, enfermedad, ejecutores
              de mis terribles manos y severos,
              de vida y salud consumidores,
              con quien no vale ruego, mando o fieros,
              pues ya de mi intención sois sabidores,
              no hay para qué de nuevo encareceros
              de cuánto gusto me será y contento
              que luego luego hagáis mi mandamiento.
                 La fuerza incontrastable de los hados,
              cuyos efectos nunca salen vanos,
              me fuerza a que de mí sean ayudados
              estos sagaces mílites romanos.
              Ellos serán un tiempo levantados
              y abatidos también estos hispanos;
              pero tiempo vendrá en que yo me mude
              y dañe al alto y al pequeño ayude;
                 que yo, que soy la poderosa Guerra,
              de tantas madres detestada en vano,
              aunque quien me maldice a veces yerra,
              pues no sabe el valor de ésta mi mano,
              sé bien que en todo el orbe de la tierra
              seré llevada del valor hispano
              en la dulce ocasión que están reinando
              un Carlos y un Felipo, y un Fernando.

ENFERMEDAD: Si ya el hambre, nuestra amiga querida
              no hubiera tomado con instancia
              a su cargo de ser fiera homicida
              de todos cuantos viven en Numancia,
              fuera de mí tu voluntad cumplida
              de modo que se viera la ganancia
              fácil y rica que el romano hubiera,
              harto mejor de aquella que se espera.
                 Mas ella, en cuanto su poder alcanza,
              ya tiene tal al pueblo numantino,
              que de esperar alguna buena andanza,
              le ha tomado la senda y el camino;

mas del furor la rigurosa lanza,
la influencia del contrario sino,
le trata con tan áspera violencia
que no es menester hambre ni dolencia.

    El furor y la rabia, tus secuaces,
han tomado en su pecho tal asiento,
que, cual si fuese de romanas haces,
cada cual de su sangre está sediento.
Muertos, incendios, iras, son sus paces;
en el morir han puesto su contento,
y por quitar el triunfo a los romanos,
ellos mismos se matan con sus manos.

HAMBRE: Volved los ojos, y veréis ardiendo
de la ciudad los encumbrados techos.
Escuchad los suspiros que saliendo
van de mil tristes, lastimados pechos.
Oíd la voz y lamentable estruendo
de bellas damas a quien, ya deshechos
los tiernos miembros de ceniza y fuego,
no valen padre, amigo, amor ni ruego.

    Cual suelen las ovejas descuidadas,
siendo del fiero lobo acometidas,
andar aquí y allí descarriadas,
con temor de perder las simples vidas,
tal niños y mujeres desdichadas,
viendo ya las espadas homicidas,
andan de calle en calle, ¡oh hado insano!,
su cierta muerte dilatando en vano.

    Al pecho de la amada y nueva esposa
traspasa del esposo el hierro agudo.
Contra la madre, ¡nunca vista cosa!,
se muestra el hijo de piedad desnudo;
y contra el hijo, el padre, con rabiosa
clemencia levantado el brazo crudo,
rompe aquellas entrañas que ha engendrado,
quedando satisfecho y lastimado.

    No hay plaza, no hay rincón, no hay calle o casa
que de sangre y de muertos no esté llena;
el hierro mata, el duro fuego abrasa
y el rigor ferocísimo condena.
Presto veréis que por el suelo tasa
hasta la más subida y alta almena,
y las casas y templos más preciados
en polvo y en cenizas son tornados.

    Venid; veréis que en los amados cuellos
de tiernos hijos y mujer querida,
Teógenes afila agora y prueba en ellos
de su espada al crüel corte homicida,
y cómo ya, después de muertos ellos,

estima en poco la cansada vida,
buscando de morir un modo extraño,
que causó en el suyo más de un daño.

GUERRA: Vamos, pues, y ninguno se descuide
de ejecutar por eso, aquí su fuerza,
y a lo que digo sólo atienda y cuide,
sin que de mi intención un punto tuerza.
. . . .
. . . .
. . . .
. . . .

***Vanse y sale TEÓGENES con dos hijos
pequeños y una hija, y su mujer***

TEÓGENES: Cuando el paterno amor no me detiene
de ejecutar la furia de mi intento,
considerad, mis hijos, cuál me tiene
el celo de mi honroso pensamiento.
Terrible es el dolor que se previene
con acabar la vida en fin violento
y más el mío, pues al hado plugo
que yo sea de vosotros crüel verdugo.
    No quedaréis, oh hijos de mi alma,
esclavos, ni el romano poderío
llevará de vosotros triunfo o palma,
por más que a sujetarnos alce el brío.
El camino más llano que la palma
de nuestra libertad el cielo pío
nos ofrece y nos muestra y nos advierte
que sólo está en las manos de la muerte.
    Ni vos, dulce consorte, amada mía,
os veréis en peligro que romanos
pongan en vuestro pecho y gallardía
los vanos ojos y las fieras manos.
Mi espada os sacará de esta agonía,
y hará que sus intentos salgan vanos,
pues por más que codicia les atiza,
triunfarán de Numancia hecha ceniza.
    Yo soy, consorte amada, el que primero
di el parecer que todos perezcamos
antes que al insufrible desafuero
del romano poder sujetos seamos;
y en el morir no pienso ser postrero,
ni lo serán mis hijos.

MUJER: ¿No podamos
escaparnos, señor, por otra vía?
¡El cielo sabe si me holgaría!
   Mas no puede ser, según yo veo,
y está ya mi muerte tan cercana,
lleva de nuestras vidas tú el trofeo,
y no la espada pérfida romana.
Mas, ya que he de morir, morir deseo
en el sagrado templo de Dïana.
Allá nos lleva, buen señor, y luego
entréganos al hierro, al rayo, al fuego.

TEÓGENES: Ansí se haga, y no nos detengamos,
que ya a morir me incita el triste hado.

HIJO: Madre, ¿por qué lloráis? ¿Adónde vamos?
Teneos, que andar no puedo de cansado.
Mejor será, mi madre, que comamos,
que el hambre me tiene fatigado.

MUJER: Ven en mis brazos, hijo de mi vida,
do te daré la muerte por comida.

*Vanse y salen dos **MUCHACHOS** huyendo, y el uno de
ellos es el que se arrojó de la torre*

MUCHACHO: ¿Dónde quieres que huyamos,
Servio?

SERVIO: Yo, por do quisieres.

MUCHACHO: Camina. ¡Qué flaco eres!
Tú ordenas que aquí muramos,
  ¿no ves, triste, que nos siguen
dos mil hierros por matarnos?

SERVIO: Imposible es escaparnos
de aquellos que nos persiguen.
  Mas di. ¿Qué piensas hacer
o qué medio hay que nos cuadre?

MUCHACHO: A una torre de mi padre
me pienso de ir a esconder.

SERVIO: Amigo, bien puedes irte;
que yo estoy tan flaco y laso
de hambre, que un solo paso
no puedo dar, ni seguirte.

MUCHACHO: ¿No quieres venir?

SERVIO: No puedo.

MUCHACHO: Si no puedes caminar
        ahí te habrá de acabar
        el hambre, la espada o miedo.
            Yo voyme, porque ya temo
        lo que el vivir desbarata;
        o que la espada me mata,
        o que en el fuego me quemo.

*Vase el MUCHACHO a la torre, y queda SERVIO, y sale
TEÓGENES con dos espadas desnudas y ensangrentadas las
manos, y como SERVIO le ve, huye y éntrase, y dice
TEÓGENES*

TEÓGENES: Sangre de mis entrañas derramada,
        pues sois aquélla de los hijos míos;
        mano contra ti misma acelerada,
        llena de honrosos y crüeles bríos;
        Fortuna, en daño mío conjurada;
        cielos, de justa piedad vacíos;
        ofrecedme en tan dura, amarga suerte
        alguna honrosa, aunque cercana muerte.
            Valientes numantinos, haced cuenta
        que yo soy algún pérfido romano,
        y vengad en mi pecho vuestra afrenta,
        ensangrentando en él espada y mano.
        Una de estas espadas os presenta
        mi airada furia y mi dolor insano;
        que, muriendo en batalla, no se siente
        tanto el rigor del último accidente.
            El que privare del vital sosiego
        al otro, por señal de beneficio
        entregue el desdichado cuerpo al fuego,
        que éste será bien piadoso oficio.
        Venid. ¿Qué os detenéis? Acudid luego.
        Haced ya de mi vida sacrificio
        y esta terneza que tenéis de amigos
        volved en rabia y furia de enemigos.

Sale un NUMANTINO, y dice

NUMANTINO: ¿A quién, fuerte Teógenes, agora invocas?
        ¿Qué nuevo modo de morir procuras?

¿Para qué nos incitas y provocas
a tantas desiguales desventuras?

TEÓGENES: Valiente numantino, si no apocas
con el miedo tus bravas fuerzas duras,
toma esta espada y mátate conmigo,
ansí como si fuese tu enemigo;
    que esta manera de morir me place
en este trance más que en otra alguna.

NUMANTINO: También a mí me agrada y satisface
pues que lo quiere ansí nuestra fortuna;
mas vamos a la plaza adonde yace
la hoguera a nuestras vidas importuna,
porque el que allí venciere pueda luego
entregar al vencido al duro fuego.

TEÓGENES: Bien dices, y camina; que se tarda
el tiempo de morir como deseo.
¡Ora me mate el hierro, o el fuego me arda,
que gloria y honra en cualquier muerte veo!
. . . .
. . . .
. . . .
. . . .

ESCIPIÓN: Si no me engaña el pensamiento mío,
o salen mentirosas las señales
que habéis visto en Numancia del estruendo
y lamentable son y ardiente llama,
sin duda alguna que recelo y temo
que el bárbaro furor del enemigo
contra su propio pecho no se vuelva.
Ya no parece gente en la muralla
ni suenan las usadas centinelas.
Todo está en calma y en silencio puesto
como si en paz tranquila y sosegada
estuviesen los fieros numantinos.

MARIO: Presto podrás salir de aquesa duda
porque, si tú lo quieres, yo me ofrezco
de subir sobre el muro, aunque me ponga
al riguroso trance que se ofrece,
sólo por ver aquello que en Numancia
hacen nuestros soberbios enemigos.

ESCIPIÓN: Arrima, pues, oh Mario, alguna escala
a la muralla y haz lo que prometes.

MARIO: Id por la escala luego, y vos, Ermilio,
haced que mi rodela se me traiga
y la celada blanca de las plumas;
que a fe que tengo de perder la vida
o sacar de esta duda al campo todo.

ERMILIO: Ves aquí la rodela y la celada;
la escala vesla allí. La trajo Limpio.

MARIO: Encomiéndame a Júpiter inmenso;
que yo voy a cumplir lo prometido.

JUGURTA: Alza más alta la rodela, Mario.
Encoge el cuerpo y cubre la cabeza.
¡Animo, que ya llegas a lo alto!
¿Qué ves?

MARIO: ¡Oh santos dioses! ¿Y qué es esto?

JUGURTA: ¿De qué te admiras?

MARIO: De mirar de sangre
un rojo lago, y de ver mil cuerpos
tendidos por las calles de Numancia,
de mil agudas puntas traspasados.

ESCIPIÓN: ¿Que no hay ninguno vivo?

MARIO: ¡Ni por pienso!
A lo menos, ninguno se me ofrece
en todo cuanto alcanzo con la vista.

ESCIPIÓN: Salta, pues, dentro, y mira, por tu vida.
Síguele tú también, Jugurta amigo.

Salta MARIO en la ciudad

Mas sigámosle todos.

JUGURTA: No conviene
al oficio que tienes esta impresa.
Sosiega el pecho, general, y espera
que Mario vuelva, o yo, con la respuesta
de lo que pasa en la ciudad soberbia.
Tened bien esa escala. ¡Oh, cielos justos!
¡Oh, cuán triste espectáculo y horrendo

se me ofrece a la vista! ¡Oh, caso extraño!
Caliente sangre baña todo el suelo;
cuerpos muertos ocupan plaza y calles.
Dentro quiero saltar y verlo todo.

Salta JUGURTA en la ciudad

QUINTO: Sin duda que los fieros numantinos,
del bárbaro furor suyo incitados,
viéndose sin remedio de salvarse,
antes quisieron entregar las vidas
al filo agudo de sus propios hierros
que no a las vencedores manos nuestras,
aborrecidas de ellos lo posible.

ESCIPIÓN: Con uno solo que quedase vivo
no se me negaría el triunfo en Roma
de haber domado esta nación soberbia,
enemiga mortal de nuestro nombre,
constante en su opinión, presta, arrojada
al peligro mayor y duro trance;
de quien jamás se alabará romano
que vio la espalda vuelta a numantino,
cuyo valor, cuya destreza en armas
me forzó con razón a usar el medio
de encerrallos cual fieras indomables
y triunfar de ellos con industria y maña,
pues era con las fuerzas imposible.
Pero ya me parece vuelve Mario.

Torna a salir MARIO por la muralla y dice

MARIO: En balde, ilustre general prudente,
han sido nuestras fuerzas ocupadas.
En balde te has mostrado diligente,
 pues en humo en viento son tornadas
las ciertas esperanzas de victoria,
de tu industria continuo aseguradas.
 El lamentable fin, la triste historia
de la ciudad invicta de Numancia
merece ser eterna la memoria;
 sacado han de su pérdida ganancia;
quitado te han el triunfo de las manos,
muriendo con magnánima constancia;
 nuestros designios han salido vanos,
pues ha podido más su honroso intento
que toda la potencia de romanos.
 El fatigado pueblo en fin violento

acaba la miseria de su vida,
dando triste remato al largo cuento.

Numancia está en un lago convertida
de roja sangre, y de mil cuerpos llena,
de quien fue su rigor propio homicida.

De la pesada y sin igual cadena
dura de esclavitud se han escapado
con presta audacia, de temor ajena.

En medio de la plaza levantado
está un ardiente fuego temeroso,
de su cuerpos y haciendas sustentado;

a tiempo llegué a verlo que el furioso
Teógenes, valiente numantino,
de fenecer su vida deseoso,

maldiciendo su corto amargo sino,
en medio se arrojaba de la llama,
lleno de temerario desatino

y, al arrojarse, dijo: "Clara fama
ocupa aquí tus lenguas y tus ojos
en esta hazaña, que a contar te llama.

¡Venid, romanos, ya por los despojos
de esta ciudad, en polvo y humo vueltos,
y sus flores y frutos en abrojos!"

De allí, con pies y pensamientos sueltos,
gran parte de la tierra he rodeado,
por las calles y pasos más revueltos,

y un solo numantino no he hallado
que poderte traer vivo siquiera,
para que fueras de él bien informado

por qué ocasión, de qué suerte o manera
cometieron tan grande desvarío,
apresurando la mortal carrera.

ESCIPIÓN: ¿Estaba, por ventura, el pecho mío
de bárbara arrogancia y muertes lleno,
y de piedad justísima vacío?

¿Es de mi condición, por dicha, ajeno
usar benignidad con el rendido,
como conviene al vencedor que es bueno?

¡Mal, por cierto, tenían conocido
el valor en Numancia de mi pecho,
para vencer y perdonar nacido!

QUINTO FABIO: Jugurta te hará más satisfecho,
señor, de aquello que saber deseas,
que vesle vuelve lleno de despecho.

*Asómase **JUGURTA** a la muralla*

JUGURTA: Prudente general, en vano empleas
                más aquí tu valor. Vuelve a otra parte
                la industria singular de que te arreas.
                    No hay en Numancia cosa en que ocuparte.
                Todos son muertos, y sólo uno creo
                que queda vivo para el triunfo darte,
                    allí en aquella torre, según veo.
                Yo vi denantes un muchacho; estaba
                turbado en vista y de gentil arreo.

ESCIPIÓN: Si eso fuese verdad, eso bastaba
                para triunfar en Roma de Numancia,
                que es lo que más agora deseaba.
                    Lleguémonos allá, y haced instancia
                cómo el muchacho venga a aquestas manos
                vivo, que es lo que agora es de importancia.

Dice BARIATO, muchacho, desde la torre

BARIATO: ¿Dónde venís, o qué buscáis, romanos?
                Si en Numancia queréis entrar por fuerte,
                haréislo sin contraste, a pasos llanos;
                    pero mi lengua desde aquí os advierte
                que yo las llaves mal guardadas tengo
                de esta ciudad, de quien triunfó la muerte.

ESCIPIÓN: Por ésas, joven, deseoso vengo;
                y más de que tú hagas experiencia
                si en este pecho piedad sostengo.

BARIATO: ¡Tarde, crüel, ofreces tu clemencia,
                pues no hay con quien usarla; que yo quiero
                pasar por el rigor de la sentencia
                    que con suceso amargo y lastimero
                de mis padres y patria tan querida
                causó el último fin terrible y fiero!

QUINTO FABIO: Dime. ¿Tienes, por suerte, aborrecida,
                ciego de un temerario desvarío,
                tu floreciente edad y tierna vida?

ESCIPIÓN: Templa, pequeño joven, templa el brío;
                sujeta el valor tuyo, que es pequeño,
                al mayor de mi honroso poderío;
                    que desde aquí te doy la fe, y empeño
                mi palabra que sólo de ti seas
                tú mismo propio el conocido dueño;
                    y que de ricas joyas y preseas
                vivas lo que vivieres abastado,

como yo podré darte y tú deseas,
si a mí te entregas y te das de grado.

BARIATO: Todo el furor de cuantos ya son muertos
en este pueblo, en polvo reducido,
todo el huír los pactos y conciertos,
ni el dar a sujección jamás oídos,
sus iras, sus rencores descubiertos,
está en mi pecho solamente unido.
Yo heredé de Numancia todo el brío.
Ved, si pensáis vencerme, es desvarío.
     Patria querida, pueblo desdichado,
no temas ni imagines que me admire
de lo que debo hacer, en ti engendrado,
ni que promesa o miedo me retire,
ora me falte el suelo, el cielo, el hado,
ora vencerme todo el mundo aspire;
que imposible será que yo no haga
a tu valor la merecida paga.
     Que si a esconderme aquí me trujo el miedo
de la cercana y espantosa muerte,
ella me sacará con más denuedo,
con el deseo de seguir tu suerte;
del vil temor pasado, como puedo,
será la enmienda agora osada y fuerte,
y el error de mi edad tierna inocente
pagaré con morir osadamente.
     Yo os aseguro, oh fuertes ciudadanos,
que no falte por mí la intención vuestra
de que no triunfen pérfidos romanos,
si ya no fuere de ceniza nuestra.
Saldrán conmigo sus intentos vanos,
ora levanten contra mí su diestra,
o me aseguren con promesa incierta
a vida y a regalos ancha puerta.
     Tened, romanos, sosegad el brío,
y no os canséis en asaltar el muro;
con que fuera mayor el poderío
vuestro, de no vencerme estad seguro.
Pero muéstrese ya el intento mío,
y si ha sido el amor perfecto y puro
que yo tuve a mi patria tan querida,
asegúrelo luego esta caída.

Arrójase el muchacho de la torre, y suena
una trompeta, y sale la FAMA, y dice ESCIPIÓN

ESCIPIÓN: ¡Oh! ¡Nunca vi tan memorable hazaña!
          ¡Niño de anciano y valeroso pecho
          que, no sólo a Numancia, mas a España
          has adquirido gloria en este hecho;
          con tu viva virtud, heroica, extraña,
          queda muerto y perdido mi derecho!
          Tú con esta caída levantaste
          tu fama y mis victorias derribaste.
             Que fuera viva y en su ser Numancia,
          sólo porque vivieras me holgara.
          Que tú solo has llevado la ganancia
          de esta larga contienda, ilustre y rara;
          lleva, pues, niño, lleva la jactancia
          y la gloria, que el cielo te prepara,
          por haber, derribándote, vencido
          al que, subiendo, queda más caído.

Entra la FAMA, vestida de blanco, y dice

FAMA: Vaya mi clara voz de gente y gente,
          y en dulce y süave son, con tal sonido
          llene las lamas de un deseo ardiente
          de eternizar un hecho tan subido.
          Alzad, romanos, la inclinada frente;
          llevad de aquí este cuerpo, que ha podido
          en tan pequeña edad arrebataros
          el triunfo que pudiera tanto honraros;
             que yo, que soy la Fama pregonera,
          tendré cuidado, en cuanto al alto cielo
          moviere el paso en la subida esfera,
          dando fuerza y vigor al bajo suelo,
          a publicar con lengua verdadera,
          con justo intento y presuroso vuelo,
          el valor de Numancia único, solo,
          de Batria a Tile, de uno al otro polo.
             Indicio ha dado esta no vista hazaña
          del valor que los siglos venideros
          tendrán los hijos de la fuerte España,
          hijos de tales padres herederos.
          No de la muerte la feroz guadaña,
          ni lo cursos de tiempos tan ligeros
          harán que de Numancia yo no cante
          el fuerte brazo y ánimo constante.
             Hallo sólo en Numancia todo cuanto
          debe con justo título cantarse,
          y lo que puede dar materia al llanto
          para poder mil siglos ocuparse.
          La fuerza no vencida, el valor tanto,
          digno de prosa y verso celebrarse;

mas, pues de esto se encarga la memoria,
demos feliz remate a nuestra historia.

FIN DE LA JORNADA CUARTA